KB115311

도시 마도사 2

네르가시아 장편소설

초판 1쇄 찍은 날 § 2016년 12월 13일
초판 1쇄 펴낸 날 § 2016년 12월 20일

지은이 § 네르가시아
펴낸이 § 서경석

편집책임 § 최지원

펴낸곳 § 도서출판 청어람
등록번호 § 제387-1999-000006호
등록일자 § 1999. 5. 31
어람번호 § 제1-2582호

주소 § 경기도 부천시 부일로 483번길 40 서경B/D 3F (우) 14640
전화 § 032-656-4452 팩스 § 032-656-4453
http://www.chungeoram.com
E-mail § chungeorambook@daum.net

ISBN 979-11-04-91084-5 04810
ISBN 979-11-04-91082-1 (세트)

도시 마도사

네르가시아 장편소설
FUSION FANTASTIC STORY

2

도서출판 청람

차례

C O N T E N T S

제1장
침투 작전

이른 새벽, 네 명의 그림자가 강남의 한 카페로 향했다.

뚜벅뚜벅.

온통 검은색 옷에 검은색 우의까지 입은 그들은 한 카페 앞에 우뚝 멈추어 섰다.

"시작하지."

한 사내의 신호에 따라 일사불란하게 움직인 세 남자가 향한 곳은 카페 근처의 전봇대였다.

전봇대에는 전파 송신 단자와 무선수신기가 부착되어 있었다.

이들은 전봇대 위로 올라가 송신 단자와 수신기에 전기 충격을 가하였다.

타다다닥!

빠지직!

전기 충격을 받은 송신 단자와 수신기는 이내 새까만 연기를 내뱉으며 먹통이 되어버렸다.

이제 이 인근의 CCTV는 당분간 먹통이 될 것이고, 핸드폰이나 인터넷 등 무선통신 역시 사용하지 못하게 될 것이다.

네 명의 사내는 검은색 마스크를 쓰고 우의의 모자를 깊이 눌러썼다.

"가자."

챙!

그들이 품속에서 꺼낸 것은 아주 잘 벼려진 식칼이었다.

사내들은 거침없이 카페의 문을 열고 들어갔다.

딸랑!

"어서 오세……."

"꺄아아아아아악!"

검은색 우의와 식칼, 이들의 행색은 영락없는 강도였다.

하지만 그들이 원하는 것은 금품이 아니었다.

말없이 주변을 두리번거리던 그들은 카페 구석에 쪼그려 앉아 있는 한 여성을 발견하였다.

"저기 있군."

"문 잠가."

철컥!

아무도 나가지 못하게 문까지 잠가 버린 그들은 하나같이 식칼을 들고 구석의 여성을 향해 천천히 다가갔다.

바로 그때, 카페 카운터 옆의 화장실 문이 열리며 한 남자가 걸어 나왔다.

그는 검은색 우의들을 보자마자 허겁지겁 달려왔다.

"아가씨……!"

"쳇, 파리가 꼬였군."

남자가 주머니에서 권총을 꺼냈다.

철컥!

우의의 사내들은 권총을 보자마자 신속하게 거리를 좁혔다.

파밧!

이들의 움직임은 일반인의 걸음으론 도저히 따라잡을 수 없을 정도로 빨랐다.

당황한 남자의 손이 떨렸다.

"…빠, 빠르다!"

"얼이 빠진 놈이로군."

순간, 그의 배로 잘 벼려진 식칼이 꽂혔다.

퍼억!

"으, 으허억!"

"꺄아아아악!"

"사, 살인이야! 경찰에 신고해요! 누가 신고 좀 해요!"

사람들은 위기의식을 느끼곤 목숨을 걸고서라도 경찰에 신고하려 했으나 이미 핸드폰은 먹통이 된 상태였다.

뚜, 뚜, 뚜.

"허, 허억! 핸드폰이 안 터져요!"

"어, 어쩌지?! 저 아저씨가 죽게 생겼잖아요!"

피를 철철 흘리면서 넘어진 그를 지나치며 우의의 사내들이 마스크를 벗었다.

마스크를 벗은 그들과 눈이 마주친 여성이 두려움에 몸을 떨었다.

"…저, 저에게 왜 이러시는 건가요?!"

"몰라서 물어? 그 이유는 네가 가장 잘 알 텐데?"

"저는 죽을 만한 짓을 한 기억이 없는데요?"

"후후, 정말 몰라?"

그들은 여자를 그 자리에서 죽이지 않았다.

촤락!

"끄흐으윽!"

"어이쿠, 이를 어쩌나? 그 예쁘장한 얼굴에 상처가 나버렸네."

백옥같이 고운 그녀의 얼굴에 가로로 긴 자상이 생기며 얼굴 전체에 새빨간 피가 번져 나갔다.

그녀는 충격을 받은 듯 거대해진 동공과 떡 벌어진 입을 다물 줄 몰랐다.

"어, 어어……."

"아마 상처가 점점 벌어져 이질감이 들 것이고, 그 이후엔 고통이 찾아오겠지."

"아, 안 돼!"

"큭큭큭! 앞으로 시집가긴 글렀네."

"이 정도로 시집을 못 가겠나? 귀한 집안 아가씨인데 누가 데려가도 데려가겠지."

"하긴, 그건 그러네."

우의의 사내들은 연신 이죽거리는 표정으로 그녀를 조롱하였다.

"이젠 미녀가 아니라 추녀가 되어버렸네? 아아, 아니지. 아직까지는 충분히 아름다워. 뭔가… 뭔가 더 해주고 싶어."

"그럼 머리를 잘라 버려."

"아, 그럼 되겠군!"

그녀는 너무 큰 충격을 받은 나머지 공황에 빠져 몸을 움직일 수조차 없었다.

우의의 사내들은 그런 그녀의 반응이 재미있는지 키득거리면서 그녀의 길고 탐스러운 머리카락을 조금씩 잘라냈다.

서걱서걱.

"이런, 내가 미적 감각이 좀 떨어져서 머리가 꼭 쥐 파먹은 것처럼 되어버렸네?"

"낄낄낄!"

"……."

그녀의 앞머리와 옆머리, 뒷머리, 정수리까지 놈들은 피가 철철 날 때까지 한 움큼 파내 버렸다.

이제 그녀는 여자로서 더 이상 살아가기 힘들 정도로 엄청난 충격을 받고 말았다.

그 광경을 보다 못한 한 청년이 벌떡 일어나 달려 나왔다.

"이런 개자식들을 보았나?! 한 여자의 인생을 망치려고 하는 거냐?!"

"이건 또 어디서 굴러먹다 온 쓰레기 자식이야?"

그들은 정말 아무렇지도 않게 청년의 목덜미를 칼로 그어버렸다.

스윽!

그러자 그는 분수처럼 피를 흘리며 쓰러졌다.

푸하아아아악!

"끄으으으윽!"

"훗, 병신 같은 놈이로군. 괜히 객기 부리다가 인생 종 쳐버렸잖아?"

"그래도 너무 깊게 긋지는 않았으니 죽지는 않을 거야."

괴한들은 구석에 쪼그려 앉아 덜덜 떨고 있는 카페의 종업원을 불러냈다.

"어이, 거기 귀엽게 생긴 아가씨!"

"저, 저, 저요?"

"그럼 귀엽게 생긴 아가씨가 너 말도 또 누가 있겠어?"

동글동글한 얼굴에 깜찍하게 생긴 이목구비의 그녀는 사시나무 떨 듯 흔들리는 동공으로 괴한들을 바라보았다.

"저, 저는 왜……."

"이리로 와서 이 남자 목 좀 잡고 있어봐. 아마 지혈만 잘하면 죽지는 않을 거야. 오늘은 송장 치우고 싶지가 않네."

그녀는 자신의 앞치마로 청년의 목덜미를 꽉 눌러 지혈하였다.

"쿨럭쿨럭!"

"꽉 잡고 있어. 잘못하면 그 남자 죽어."

"흑흑!"

네 명의 괴한은 그렇게 웃으며 카페를 나섰다.

*   *   *

마영신도시 제1 상업지구 9층 가구 매장에 촛불이 켜져 있다.

발록 용병단은 이곳에서 아침까지 머물다가 제2 상업지구로 갈 작정이다.

카미엘을 필두로 모인 일행은 막간을 이용해 작전 회의에 들어갔다.

지도에는 제1 상업지구에서 제2 상업지구까지는 도보로 대략 10분이 소요되며 3, 4상업지구 사이에는 천변이 흐르고 있어 다리를 건너 이동해야 한다고 나와 있었다.

각 지구에 아공간이 하나씩 있으니 이곳을 두루 거쳐 정석대로 걸어갈 수밖에 없었다.

"길이 꽤 긴데?"

"별수 없지. 지하 수로에는 여전히 아공간을 타고 넘어온 슬라임들이 즐비할 테니 차라리 도보로 걸어가는 편이 나을지도 몰라. 그곳에선 최소한 은, 엄폐가 가능하니까."

"좋아, 그럼 대략 다섯 시간쯤 취침하고 곧바로 출발하도록 하지."

"그러자고."

이곳 9층은 입구와 천장이 모두 막혀 있기 때문에 몬스터의 침입에서 비교적 안전하였다.

카미엘은 이곳에 자폭 로봇들을 부비 트랩으로 설치해 두고 취침에 들어갈 생각이다.

"번은 서지 않는 것으로 하지. 어차피 부비 트랩이 있으니까 말이야."

"편리해서 좋군."

처음엔 이것저것 질문이 많던 최현주도 이제는 서서히 모든 것을 자연스럽게 받아들이고 있었다.

9층 가구 매장에는 사람이 편히 쉴 수 있는 침대와 안마 의자가 있어서 오늘 다섯 시간 동안은 충분히 쉴 수 있는 환경이 조성되어 있었다.

정도진은 안마 의자에 편안히 누웠다.

지잉, 지잉.

"으흐, 좋다!"

"…저 아저씨 같으니. 그러니까 여자들에게 인기가 없는 거야."

"으흐흐, 괜찮아. 여자들에게 인기가 없어도 내 몸 하나 편한 게 좋아."

"그래, 어련하시겠어?"

두 사람이 말다툼을 하고 있는데 별안간 건물이 살짝 흔들 렸다.

쿠웅!

"어, 어라?"

"우리가 사랑싸움을 해서 천지신명님이 노하셨나?"

"…그건 또 뭔 개소리야?"

카미엘은 이 진동이 자연적으로 일어난 것이 아님을 직감하 였다.

"지진인가?"

"아니, 아니야. 이건 뭔가 좀 달라."

"다르다니?"

"마치 뭔가 폭발한 것 같은 느낌이 든다고 해야 하나?"

"하지만 이 근처에는 도시가스도 없고 주유소도 없어서 폭 발할 게 없는데?"

"흠……."

텅텅 빈 신도시에 폭발할 만한 게 없으니 카미엘의 생각은 그저 기우에 불과할 수도 있었다.

그러나 카미엘은 이 진동에 자꾸만 신경이 갔다.

'아니야. 이건 예사로운 진동이 아니야.'

그는 작전 시각을 한 시간 앞당기기로 했다.

"아무래도 감이 좋지 않아. 한 시간 앞당겨 출발하는 것이 어때?"

"뭐, 그곳으로 가서 쉴 수도 있을 테니 나쁘지 않지. 한 시간

덜 쉬고 일이 일찍 끝나면 더 좋은 것 아니야?"

"그래, 그렇게 하자. 어차피 하는 김에 빨리 끝내면 좋지, 뭐."

카미엘의 의견에 모두가 동의했으니 내일 작전 시간은 한 시간 빨라질 예정이다.

*   *   *

이른 새벽, 카미엘과 그 동료들은 상가의 옥상을 타고 이동하기 시작했다.

건물과 건물을 이은 와이어에 슬라이더를 달아서 신속하게 이동이 가능하니 오히려 걸어가는 것보다 훨씬 더 빨랐다.

하지만 건물과 건물이 붙어 있는 곳은 앞으로 단 하나였다.

"남은 거리는 얼마나 되지?"

"한 5분 거리쯤 되려나?"

"절반은 와이어를 타고 절반은 꼼짝없이 걸어서 가야 한다는 소리군."

"하지만 이미 각오하고 있는 부분 아니야?"

카미엘이 건물 아래로 보이는 엄청난 숫자의 몬스터를 가리키며 말했다.

끼헤에에엑!

"어제까지만 해도 이렇게까지 몰려오지는 않았어. 이건 계산에 없던 거라고."

"그래, 그건 그렇지."

"제기랄, 도대체 저놈들은 또 어디서 몰려온 거야?"

바로 어제까지만 해도 지금처럼 숫자가 많지는 않아서 제2 지역으로 건너가는 것이 복잡하지 않을 줄 알았다.

하지만 갑자기 이렇게까지 몬스터의 숫자가 폭발적으로 늘어나다니, 카미엘은 전혀 상상조차 하지 못했다.

"큰일이군. 이래서 어떻게 아공간까지 접근한다는 거야?"

"슬라임이 부담되어도 그냥 지하 수로를 이용할까?"

"어느 쪽으로 가든 자살행위인 것은 마찬가지야. 그곳에 있는 슬라임들은 지금쯤 약이 바짝 올라 있을 거야. 아공간이 깨지면 생존 본능을 자극해 놈들이 더 흉포해지거든."

"그럼 어쩌자는 건데?"

카미엘은 몬스터가 가득한 이곳 상가를 둘러보았다.

이곳 상가에는 아웃도어 브랜드와 식당가, 그리고 편의점 등이 입점할 예정이다.

그중 몇몇 아웃도어 브랜드는 이미 물건을 조금 가져다 놓은 것으로 보였다.

카미엘이 무릎을 쳤다.

"…그래, 날자!"

"뭐라고?"

"날자고. 날아서 가면 될 것 아니야?"

"말이 쉽지, 지금 당장 어떻게 헬기를 구해? 그렇게 하자면 저 사지를 뚫고 나가야 할 텐데."

"행글라이더를 만들자고."

순간, 일행도 그와 같이 무릎을 쳤다.

"아하! 그러고 보니 이 근방에 행글라이더 재료가 널리고 깔렸네!"

"그래. 이곳 상가가 꽤 높으니까 잘하면 5분 거리는 가볍게 주파할 수 있을 거야."

"하지만 만약 갸우뚱해서 쓰러지기라도 한다면 어쩌지?"

"어쩌긴, 죽는 거지."

"…너무 극단적인데?"

"그래도 지금의 상황을 타개하지면 그 방법밖에는 없어."

동료들은 카미엘의 말에 동의하였다.

"좋아, 그럼 아웃도어 매장을 하나 털어서 행글라이더를 만들자."

"그래, 움직이자."

용병들은 각자 흩어져 행글라이더의 재료가 될 만한 것들을 모았다.

*　　　　*　　　　*

카미엘은 지금까지 살면서 단 한 번도 하늘을 나는 기계를 만든다는 생각을 해본 적이 없었다.

가끔 괴짜 마법사들이 하늘을 나는 마법을 시연하곤 했지만 백이면 백 계류에 휩쓸려 죽거나 너무 높이 올라가서 심장이 터져 죽었다.

결국 마도학계에서는 사람이 난다는 것이 금기시되고 말았다.

하지만 이곳 지구에선 이미 오래전부터 사람이 날 수 있는 시도를 해왔기 때문에 아웃도어 매장에 있는 옷들을 이어 붙여 비행을 시도해 볼 수 있었다.

그저 날개만 있다고 해서 날 수 있는 것은 아니니 인터넷으로 얻을 수 있는 지식을 총동원해서 행글라이더를 만들었다.

카미엘과 그 일행은 넓이 4미터짜리 행글라이더가 과연 날 수 있을지 확신이 서지 않았다.

하지만 지금 이 상황에서 이보다 더 좋은 선택은 없었다.

"누가 먼저 날아볼래?"

"……."

카미엘이 번쩍 손을 들었다.

"내가 먼저 날지."

"죽을 수도 있어."

"알아. 죽을 수도 있지만 이마저도 하지 않으면 여기서 고립되고 말아."

지금 이곳에 있는 몬스터의 숫자는 애초에 카미엘과 발록 용병단이 예상한 것에 비해 터무니없이 많아져 있었다.

그러니 만약 여기서 고립되어 버린다면 아마 목숨을 부지하기 힘들 것이다.

카미엘은 텐트와 등산복 등으로 만든 행글라이더의 손잡이를 붙잡았다.

척!

"후, 긴장되는군."

"행운을 빌어."

그는 전속력으로 달려 도움닫기를 하였다.

타다다다다닷!

그러자 바람의 저항을 받아 행글라이더가 묵직하게 뒤로 밀렸다.

휘이잉!

"지금이다!"

그는 거침없이 건물 밖으로 몸을 내던졌다.

부웅!

10층 건물에서 떨어져 내린 카미엘은 급속도로 하강하기 시작했다.

쐐에에에엥!

"으으으윽!"

그는 전력을 다하여 몸을 뒤로 젖혔다.

끼이익!

이윽고 몸무게의 영향으로 인해 행글라이더가 안정적으로 바람을 타기 시작했다.

휘이이잉!

"서, 성공이다!"

카미엘은 태어나 처음으로 하늘을 나는 경험을 해보았다.

그는 거침없이 하늘을 날며 난생처음으로 해방감이라는 것을 맛보았다.

'좋다! 그 이상의 표현이 과연 필요할까?'

300년을 넘게 살면서 하늘 아래 땅을 굽어볼 시도조차 하지 않았다니, 카미엘은 약간의 자괴감을 느꼈다.

동시에 그는 큰 결심을 했다.

'앞으로 살아가면서 내가 할 수 있는 모든 것을 해보겠노라!'

비록 쌍둥이를 키우느라 등골이 빠질 지경이지만 인생을 즐기는 데엔 문제가 없었다.

잠시 후, 그의 신형이 반대편 건물의 옥상에 날아와 안착했다.

휘잉, 휘잉!

턱!

아주 안정적으로 착지한 카미엘은 약속대로 자신이 잘 도착했다는 표시로 예광탄을 한 발 쏘기로 했다.

타앙!

아직 새벽이라서 예광탄이 하늘 높이 올라간다면 동료들이 어렵지 않게 발견할 수 있을 것이다.

이제 그는 먼저 도착한 이곳에서 주변의 환경을 두루 살피면서 동료들을 기다릴 것이다.

그는 가장 먼저 이곳이 아공간에서부터 얼마나 멀리 떨어져 있는지부터 파악했다.

지도를 펼쳐보니 이곳에서부터 목적지까지는 대략 세 블록쯤 떨어져 있는 것 같았다.

하지만 문제는 아공간이 위치한 곳 주변으로 엄청난 숫자의 몬스터가 쏟아져 나온다는 점이었다.

아마 그곳까지 가지도 못한 채 벌집이 되어 죽을 가능성이 농후했다.

카미엘은 깊은 고민에 빠졌다.

이곳에 있는 몬스터들은 척추 사이에 나 있는 뾰족한 가시를 산성 물질과 함께 뱉어내는 가우스트 물뱀이었다.

라미아가 진화하여 만들어진 중급 몬스터의 한 종류인데, 뾰족한 가시로 원거리 공격을 하기도 하지만 날카로운 앞발로 사람을 찍어 죽이기도 했다.

만약 지금처럼 끝도 없이 가우스트 물뱀이 몰려든다면 제아무리 카미엘이라곤 해도 생사를 장담할 수 없었다.

그는 도대체 이렇게 많은 가우스트 물뱀이 어디서 온 것인지 의심스러웠다.

'고작 아공간 하나로 이렇게 많은 몬스터가 나타났다. 쉽게 이해하기 힘들군.'

카미엘이 생각에 잠겨 있던 가운데 동료들이 하나둘 도착하기 시작했다.

그는 동료들이 안정적으로 착지할 수 있도록 몸을 잡아 안착시켜 주었다.

마지막으로 이영훈까지 도착하여 모든 인원이 안정적으로 제2 구역까지 건너올 수 있었다.

　가우스트 물뱀을 제거하는 것은 천천히 생각하기로 하고 카미엘 일행은 어떻게 하면 아공간이 있는 곳까지 내려갈 수 있는지 고민했다.

　그중에서 가장 설득력 있는 의견은 바로 박격포의 곡사사격이었다.

　만약 카미엘의 아공간 파쇄기를 일반적인 탄두의 형태로 변환시켜 쏠 수만 있다면 굳이 그곳까지 행차하지 않아도 충분히 작전을 성공시킬 수 있을 것이다.

　하지만 문제는 카미엘이 지금 이 자리에서 박격포에 들어갈 정도의 크기로 탄두를 개량한다고 해도 그것을 정확하게 사격하는 일이었다.

　아공간 안에 아주 정밀하게 사격해야 아공간이 파쇄될 텐데, 만약 잘못해서 빗나가기라도 한다면 작전은 실패로 돌아갈 수도 있었다.

　최현주는 폭약 기술자답게 사격 가능 여부를 확인해 보았다.

　"단장 아저씨, 정말로 아공간 파쇄기를 고폭탄의 형태로 개량할 수 있어?"

　"전기 폭발과 자기장 생성에 필요한 것들만 추린다면 당연히 가능하지. 고폭탄에 들어갈 충진물 대신에 전자기폭탄과 자기장 생성기를 집어넣으면 끝이니까."

"흠, 그렇다면 박격포로 얼마나 정확하게 조준하느냐, 그 문제인데 말이야."

"가장 중요한 것은 우리가 아공간의 정확한 위치를 모른다는 점이지."

박달제는 그들의 고민을 의외로 간단하게 해결했다.

"위치를 모른다면 첨병을 보내는 것은 어때?"

"첨병?"

"왜, 그 무선으로 움직인다는 전투 로봇 말이야. 설마하니 놈들이 기계까지 처먹으려고 들겠어?"

"오호라, 그런 방법이……?"

아직까지 몬스터가 기계를 씹어 먹거나 차를 부순다든지 건물을 부순 경우는 한 번도 없었다.

만약 몬스터가 생명체 이외의 것에도 관심을 보였다면 아마 신도시는 예전에 자취를 감추고 말았을 것이다.

하지만 몬스터는 오로지 배를 채우기 위해서 사냥을 하고 파괴를 일삼았기 때문에 기계의 존재는 신경 쓰지 않을지도 몰랐다.

카미엘은 자신과 시야를 교환할 수 있는 소형 로봇을 아래로 내려 보냈다.

끼릭, 끼릭.

비록 속도가 조금 느리다는 것이 단점이긴 하지만 전방을 내 눈처럼 볼 수 있다는 장점이 있었다.

카미엘은 완벽하게 교환된 로봇의 시야로 주변을 살폈다.

"좀 어때?"

"저놈들, 정말로 로봇에는 큰 관심이 없나 봐."

"좋았어! 저 정도면 정밀 조준을 하는 데 큰 문제가 없겠어."

"그나저나 박격포로 뭘 어떻게 조준한다는 건데?"

최현주는 한때 군에서 복무한 적이 있었는데, 그때 그녀는 군대에서 만질 수 있는 무기란 무기는 죄다 만져보았다.

때문에 그녀는 박격포를 어떻게 방렬하고 사격하는지 잘 알고 있었다.

"박격포는 직접사격과 간접사격이 있어. 직접사격은 가늠자로 목표물을 보고 직접 사격하는 것이지. 하지만 그것은 안전성과 정확도가 떨어질 수밖에 없어. 그렇지만 간접사격은 달라. 관측자가 목표물을 직접 관측하고 그 제원을 사격 통제소로 보내면 계산병들이 사격 제원을 산출해서 포수에게 하달하는 거지. 이렇게 하면 직접사격보다 훨씬 더 정확하게 사격할 수 있어."

"흠, 그러니까 로봇으로 사격 제원을 산출시키도록 하자는 말이지?"

"그런 셈이지."

"하지만 오차 범위가 생기지 않을까? 제아무리 계산을 잘한다고 해도 말이야."

"생기긴 하겠지. 하지만 오차 범위를 줄이기 위해 최선을 다해봐야 하지 않겠어?"

"그래, 그건 그렇지."

"걱정하지 마. 박격포의 명중률은 생각보다 더 좋으니까."

대한민국 육군은 몬스터의 습격으로 인해 구형 무기를 개량하거나 신무기를 개발하여 기술력을 높였다.

그렇게 하지 않으면 몬스터의 침공에서 버틸 수가 없었기 때문이다.

그중에서도 박격포는 혁신의 물살을 가장 많이 탄 무기라고 볼 수 있었다.

우선 박격포는 그것을 들고 다니는 것 자체가 고역이라서 포한 문을 여럿이 나누어 들고 다닐 수밖에 없었다.

그러나 그마저도 휴대성이 좋지가 못해서 행군에 가장 큰 걸림돌이 되었다.

대한민국 육군은 그런 문제를 아주 간단히 바꾸어 버렸다.

박격포의 재질을 몬스터 뼈로 대체해 버린 것이다.

그뿐만이 아니었다.

소총, 야포, 장갑차, 트럭, 방탄조끼 등 몬스터에게서 얻을 수 있는 자재들로 초경량화에 성공했다.

게다가 현재의 박격포는 포신을 분리해서 군장에 나누어 담을 수 있도록 개량해서 군장의 한 귀퉁이를 차지하고 있을 뿐이다.

포신, 포판, 가늠자 등을 모두 합쳐봐야 불과 1kg밖에 나가지 않는 박격포이지만 그 성능은 예전과 비교했을 때 거의 비교불가 수준이었다.

카미엘은 그녀의 말대로 간접사격으로 승부를 걸어보기로

했다.

*   *   *

개인 군장에서 박격포 부품을 꺼낸 용병들은 그것을 조립하여 방렬하고 가늠자의 오차 범위까지 수정하였다.

카미엘은 아공간 파쇄탄을 개량하여 고폭탄 안에 내장시킬 수 있도록 했다.

이제 레이저 포인트를 로봇에 매달아 목표 지점까지 보낸 후 그 안에서 유도해 주는 일만 남았다.

카미엘은 박격포 계산기와 계산판 등을 놓고 앉아 있는 최현주에게 물었다.

"시작할까?"

"오케이."

그는 로봇을 다시 출격시켰다.

끼릭, 끼릭.

작은 무한 궤도 장치가 달린 로봇은 거침없이 달려 몬스터가 아직도 흘러나오고 있는 아공간 앞에 섰다.

우우우웅!

"다 왔어."

"좋아, 레이저 포인트를 쏴줘."

그는 로봇에 달려 있는 레이저 포인트를 직선으로 쏴서 목표 지점을 만들어냈다.

포수를 맡은 정도진과 부포수를 맡은 이영훈이 그녀의 지시를 기다리고 있었고, 주팔이와 박달제는 이미 겨냥대 대신 사용할 레이저 포인트를 가지고 100미터, 50미터 전방에 있는 건물로 나가 있었다.

그녀는 레이저 포인트가 쏘아진 지점을 목표물로 잡고 사거리, 바람, 습도 등을 계산하여 사격 제원을 산출하였다.

"계산 끝났어. 바람이 언제 바뀔지 모르니까 최대한 빠르게 사격해."

"알겠어!"

"편각 3,127, 사각 1,100, 사거리 1,134m……"

레이저 포인트에 포구 방향을 맞춰 방렬한 후에 그녀의 사격 제원대로 재방렬을 하여 오차를 줄였다.

이제 남은 것은 바람과 습도가 바뀌지 않기를 바라는 일이다.

"좋아, 준비 끝!"

"휴우, 은근히 긴장되는데?"

"계산은 정확하게 했어. 이제 남은 것은 포탄이 제대로 날아가도록 비는 일뿐이다."

"발사!"

뽕!

이영훈이 장약을 조절한 포탄을 인계 받아 포구 안으로 밀어 넣자 그것이 포신 아래에 있는 공이에 맞아 빠르게 솟아올랐다.

슈웅!

최현주는 쌍안경으로 그 상황을 실시간으로 지켜보았다.

"아직까지 탄도는 안정적이야. 이대로만 날아간다면……."

팀원 모두가 숨을 죽이고 있을 때, 저 멀리서 포탄 터지는 소리가 들렸다.

콰앙!

"명중인가?"

"잠깐만."

잠시 후 한차례 뇌전이 일어나더니 주변에 있던 몬스터들을 죄다 빨아들이기 시작했다.

슈가가가가각!

콩!

발록 용병단은 쾌재를 불렀다.

"좋아! 성공이다!"

"오오! 이렇게 화끈하게 성공해 버리다니, 홍일점이 괜히 있는 것이 아니네!"

"후후, 이 정도쯤이야."

주변에 있던 몬스터들이 죄다 빨려들어 가는 바람에 이제는 도보로 이곳을 활보하는 것이 가능해졌다.

발록 용병단은 재빨리 아래로 내려가 몬스터의 코어부터 챙겼다.

제2장

협박

　대한민국 강남 한복판에서 일어난 엽기적인 사건이 신문 1면을 도배하였다.

　밤 11시 경, 검은색 우의를 입은 네 명의 남자가 카페로 쳐들어와 칼로 사람을 해치는 사건이 벌어졌다.

　이 사건으로 한 20대 여성이 얼굴에 20㎝의 자상을 입고 머리가 듬성듬성 잘려 나갔으며, 30대 남성이 복부에 자상을 입고 중태에 빠졌다.

　게다가 20대 남성 한 명은 목에 긴 절상 및 자상을 입어 목소리를 잃고 말았다.

　경찰은 이 사건을 묻지 마 상해 사건으로 보고 자세한 경위를 조사하고 있으나, 주변 CCTV가 같은 시간대에 무력화된 점

과 통신 중계기의 불통 등을 이유로 계획적 범죄라는 의견이
나오고 있었다.

태영그룹 법무팀장 이연성은 이른 새벽임에도 불구하고 대리
인 조사를 받고 있는 중이다.

강남서 강력팀장 김인석 경감은 그의 얘기를 토대로 조서를
꾸미고 있었다.

"그러니까 얼굴에 자상을 입힌 사람의 얼굴을 봤다는 말이
죠?"

"예, 그렇습니다."

"으음……."

"아가씨의 진술과 주변 목격자들의 진술에 따르자면 그놈들
이 얼굴에 자상을 입히고 머리를 자른 후 일부러 괴롭히려고
얼굴을 보여준 것 같더군요."

"얼굴을 보여줘서 평생 씻을 수 없는 상처를 주기 위함이었
다?"

"그런 셈이죠."

"흠, 그렇단 말이지요?"

이연성은 이번 사건이 미리 사전에 타깃팅된 것이라고 주장
했다.

"이 사건, 묻지 마 사건이 아닙니다."

"…뭐라고요?"

"아무리 생각해 봐도 이건 묻지 마 사건이라고 보기 힘듭니
다. CCTV를 무력화한 점, 통신 중계기를 망가뜨린 점, 더군다

나 처음부터 우리 아가씨가 누군지 알고 있었다는 점이 그것을 뒷받침하고 있습니다."

김인석은 그의 의견을 단박에 묵살해 버렸다.

"그건 우리 경찰이 판단할 문제지요. 당신이 감 놔라 대추놔라 할 문제는 아닌 것 같은데요?"

"무슨 말이 그렇습니까? 계획범죄였다면 그 목적과 배후를 캐내는 것이 경찰의 임무 아닙니까?"

"그러니까 계획범죄로 밝혀지면 움직이겠다고요. 몇 번을 얘기합니까?"

"…뭐요?"

김인석 경감은 피곤하다는 표정으로 자리에서 일어났다.

"하암! 아무튼 좀 쉬었다가 합시다. 요즘 내가 몸이 좀 좋지 않아서……."

"몸이 좋지 않으면 다른 형사를 불러주시면 될 것 아닙니까?"

"아아, 그렇게는 안 됩니다. 서장님 특별 지시로 제가 이 사건을 담당하게 되었거든요."

"……."

이연성은 어째 판이 좀 이상하게 돌아가고 있다고 생각했다.

'아예 옷을 벗기로 작정을 했나? 그렇지 않고서야…….'

제아무리 경찰이 사건을 조사하는 사법기관이라곤 하지만 이렇게 마음대로 사건을 휘두르는 것은 있을 수가 없는 처사다.

만약 변호인단이 마음먹고 이 부분을 물고 늘어져 소송이라
도 거는 날엔 경찰청으로선 엄청난 손해를 보게 될 것이다.

그럼에도 불구하고 서장의 특별 지시로 이렇게 지지부진 수
사를 하다니, 흑막이 도사리고 있지 않고서야 절대로 불가능한
일이었다.

그는 오로지 한 사람의 얼굴밖에 떠오르지 않았다.

'…빌어먹을 작자 같으니, 아무리 회장 자리가 좋아도 그렇지
어떻게 조카딸의 얼굴에 자상을 낼 생각을 다 하나? 지옥에 떨
어질 인간 같으니!'

이연성은 전화기를 들었다.

─성영민입니다.

"총괄이사님, 이연성입니다."

─그래요, 이 팀장님.

"경찰서에 왔는데, 일이 좀 꼬인 것 같습니다."

─…작은아버지가 또 일을 친 모양이군요.

"아무래도 지금 이렇게 지지부진 내버려 두면 사건이 유야무
야 끝날 수도 있을 것 같습니다."

─그건 안 될 일이죠.

태영그룹 성대복 회장은 후계 구도 확립을 위해 주영민의 성
씨를 성가로 바꾸고 성혜민과 함께 자신의 아들로 완벽하게 호
적 정리를 마쳤다.

이를 두고 정계에서는 사실상 성대홍의 퇴진을 종용하는 성
대복의 압박이라고 해석하였고, 그로 인하여 한차례 왕자의 난

이 도래할 것이라고 예언했다.

아주 오래전부터 회장 자리를 노리는 그의 행동이 곳곳에서 포착되었으니 대놓고 왕자의 난이 벌어져도 이상할 것이 없다는 것이다.

그 예언은 아주 정확하게 맞아떨어졌다.

─지금 나와 한번 제대로 해보겠다는 뜻 같은데… 회장 자리에 눈이 멀어서 혜민이까지 건드렸다면 더 이상 참아줄 수만은 없겠습니다.

"어떻게 할까요? 경찰부터 손을 좀 대볼까요?"

─아니요. 경찰 쪽은 제가 줄을 대겠습니다. 팀장님은 그 강도 자식들을 좀 수소문해 주십시오.

"잘 알겠습니다."

전화를 끊은 이연성은 계속해서 대리인의 임무를 이어나갔다.

*　　　*　　　*

서울위례성병원 성형외과 병동에 입원한 성혜민은 앞으로 총 네 번의 단백질 주사 치료를 받을 예정이다.

그녀는 얼굴에 거대한 자상을 입고 비교적 오래도록 방치되어 있었기 때문에 흉터가 남지 않는 것은 거의 불가능하다는 것이 의료진의 입장이었다.

더군다나 지금 그녀는 머리까지 깎이고 언어폭력까지 당했기 때문에 정신적 대미지가 상당했다.

심지어 그녀는 실어증까지 걸린 것으로 보였다.

성혜민의 정신과 주치의 최성민 과장은 그녀에게 계속해서 말을 걸어보았다.

"환자분? 성혜민 씨, 들리세요?"

"……"

분명 눈동자도 움직이고 신경도 제대로 반응하는데 말을 하지 못하고 있었다.

최성민은 그녀가 충격으로 인해 일시적으로 말문을 닫았다고 진단했다.

"일단… 약물치료를 좀 해보는 것이 좋겠습니다. 극심한 쇼크로 인해 정신적인 외상이 생긴 것 같아요. 우울증이 시작된 것 같은데, 지금 못 잡으면 평생 말을 못 할 수도 있겠어요."

"…그 정도로 심각합니까?"

"죄송합니다만, 지금으로선 이 정도밖에 말씀드릴 수가 없네요."

"……"

주영민은 자신의 사촌 동생 혜민이 꽃다운 나이에 이런 일을 당했다는 것을 도저히 믿을 수가 없었다.

그는 멍하니 천장만 바라보고 있는 혜민을 보며 물었다.

"혜민아, 왜 말을 안 하니? 무슨 말이라도 좀 해봐."

"……"

그녀는 영민을 바라보더니 이내 눈물을 쏟기 시작한다.

"흑흑."

"혜민아, 울지 마. 이제 너를 괴롭힐 사람은 없어. 이곳은 안전해. 회장님이 이곳으로 경호원 20명을 보내주셨어. 내가 외국에서 용병도 고용했고. 이제 너를 해칠 사람은 아무도 없을 거야."

그녀는 고개를 저었다.

"……."

"아직도 불안하다고?"

혜민은 고개를 끄덕였다.

그는 속에서 열불이 뻗쳐 당장 쫓아가 성대홍을 칼로 찔러 죽이고 싶었다.

'이런 개새끼, 그러고도 네가 사람 새끼냐?! 제 딸내미는 잘난 집으로 시집보내려고 성형수술까지 시키고 별 지랄을 다 하더니 남의 딸은 이렇게 얼굴에 자상을 내냐?'

순간 분노로 인해 얼굴이 일그러진 주영민을 바라보며 그녀가 부르르 몸을 떨었다.

"으으, 으으으……!"

"혜, 혜민아!"

"사, 살려주세요!"

그녀가 약한 발작을 일으키자 영민은 그녀의 앞에 무릎을 꿇고 말았다.

털썩!

"흑흑, 미안하다! 다시는 화내지 않을게! 미안해!"

"…미, 미안해요!"

성혜민은 그제야 울음을 그쳤고, 영민은 씁쓸하게 웃었다.

이제 그는 혜민의 앞에서 다시는 인상을 쓰지 않겠노라 다짐했다.

"다시는 화내지 않을게. 이 오빠가 정말 잘못했다."

"…아니야."

이제야 좀 말문이 트인 그녀는 살며시 눈을 감았다.

"졸려."

"그래, 푹 쉬어."

영민은 경호원들에게 이곳을 맡기기로 했다.

그는 외국에서 데리고 온 최고의 경호원들과 용병들에게 신신당부하였다.

"나 말고 그 어떤 사람도 들이면 안 됩니다. 지금 큰외삼촌 내외는 어차피 병원에 오시지 못할 상황입니다. 그러니 저 아이를 찾아올 사람은 더 이상 존재할 수 없다는 뜻이죠."

"잘 알겠습니다. 그럼 의료진 이외에 누가 온다고 해도 허락하지 않겠습니다."

"그래요. 그렇게 해주세요. 다시 한 번 말씀드립니다만, 혜민이에겐 찾아올 사람이 없습니다."

"예, 명심하겠습니다."

그는 몇 번이나 강조해 놓고도 불안해서 마음이 놓이지 않았다.

하지만 그는 해야 할 일이 있었기에 어쩔 수 없이 병원을 비울 수밖에 없었다.

'다 잘될 거야. 내가 그렇게 꼭 만들 것이고.'

그는 이를 악물었다.

*　　　*　　　*

마영신도시 주상복합아파트 '마영시티'의 한복판에 거대한 아공간 네 개가 한꺼번에 자리를 잡았다.

우우우웅!

엄청난 마이너스 에너지를 뿜어내는 아공간의 크기는 이미 직경 5미터에 이르고 있었다.

"저 정도면 중형 몬스터들이 군단급으로 튀어나와도 이상할 것이 없겠어."

"…장난 아닌데? 이러다가 우리 모두 죽는 것 아니야?"

"그나마 다행인 것은 아공간이 마영시티 한복판에 있다는 거야. 저번처럼 처리하기 까다롭지 않다는 뜻이지."

"천만다행이군."

카미엘은 아공간 주변에 모여 있는 몬스터들을 제거하고 곧바로 아공간을 처리하기로 했다.

"시간을 끌어서 좋을 것 없지. 지금 당장 해체하지."

"좋은 생각이야."

일행은 라바를 기준으로 높은 고지에 진지를 구축하여 몬스터들의 물량 공세에 대비하였다.

이 정도 준비라면 무난하게 이번 임무가 끝날 것이다.

"시작하지."

카미엘은 라바를 소환하고 1번 탄으로 주변을 정리하였다.

"사격!"

삐비비비빅!

슈웅!

고속 자폭 로봇이 빠르게 날아가 반경 3미터 안의 몬스터들을 한 방에 쓸어버렸다.

쾅!

파바바바박!

"좋아, 이번에야말로 끝장을 보자고."

4번 탄을 장전시킨 카미엘이 사격 명령을 내렸다.

철컥!

"사격……."

바로 그때였다.

사사사삭!

갑자기 사방에서 매복하고 있던 지글링턴들이 일제히 일어났다.

쿠국!

"허, 허억!"

"매복? 몬스터가 매복을 한다고?!"

"…말도 안 되는 소리다! 몬스터가 무슨 매복을 해?!"

지글링턴의 숫자는 대략 300마리였는데, 그 규모는 그리 크지 않았다.

하지만 갑자기 코앞에서 나타났기 때문에 대처하기가 그리 쉽지 않았다.

카미엘은 라바를 다시 회수하고 킬러비와 소형 자폭 로봇을 대거 소환하였다.

"킬러비!"

끼릭, 끼릭.

55개의 킬러비가 카미엘의 주변을 빙글빙글 돌면서 스파크의 원을 만들어냈다.

퍽퍽퍽!

스파크의 원이 빙글빙글 돌면서 지글링턴을 공격하여 닿는 족족 사라지게 하였다.

카미엘은 일행을 자신에게로 가까이 끌어들였다.

"원 안으로 들어와! 어서!"

"덕분에 살겠군!"

소총과 기관총, 저격총으로 지글링턴을 정리하는 데엔 그리 오래 걸리지 않았다.

하지만 그들이 지글링턴을 상대하고 있을 무렵, 가우스트 물뱀이 대거 몰려오고 있다는 것이 문제였다.

쉬이이이익!

"이런 제기랄! 놈들이 사방에서 감싸듯이 진격하고 있잖아!"

"전술, 이건 전술 대형이야! 놈들이 우리를 전술로써 압박하고 있는 거라고!"

"장을 내어주고 외통수를 친다! 아주 대단하고도 영리한 전략이군. 이런 전략은 사람이라도 짜기 힘들어."

지글링턴이 땅을 파는 능력이 뛰어나고 근접 공격에 능하다지만 먹이의 냄새를 맡으면 본능적으로 움직이기 때문에 전략을 구사하는 것은 현실적으로 불가능했다.

최상급, 혹은 그 이상의 몬스터들만이 뛰어난 지능으로 전략을 구사할 수 있을 뿐 그 이하의 몬스터들은 그저 본능에 따라 움직이는 짐승에 불과했다.

카미엘은 그제야 아공간을 소환한 놈의 정체에 대해 어렴풋이 가늠할 수 있었다.

'소환술사다. 놈은 몬스터를 소환할 수 있는 소환 마도학을 고도로 수련한 마도사다.'

만약 그렇다면 이 주변에 놈이 숨어 있거나 몬스터를 조종하는 우두머리가 있을 것이다.

카미엘은 지글링턴을 저지하고 난 후 가우스트 물뱀의 공격을 프로텍션 쉴드로 막아냈다.

까가가가강!

"내가 방패 역할을 할 테니 모두 공격을 개시하라고!"

"알겠어!"

최현주는 그 자리에서 백린 연막탄을 제조하여 유탄 발사기를 가진 박달제에게 넘겨주었다.

"유탄으로 백린을 쏴서 놈들을 태워 버려!"

"오케이!"

퍼엉!

유탄 발사기가 백린탄을 쏘자 다다다다 붙어서 공격을 퍼붓던 가우스트 물뱀들이 고통에 몸부림치며 불에 타 죽어갔다.

끼에에에에엥!

"효과 만점이군!"

주영태는 의사라는 직업에 어울리지 않게 중기관총을 잘 다루는 용병이었다.

두두두두두두!

그의 기관총에 맞은 가우스트 물뱀들이 한 방에 나가떨어져 사방으로 피를 뿌리며 죽어갔다.

"크하하하! 죽어라!"

한 손에 술병을 든 그의 기관총 사격 실력은 가히 발군이었다.

정도진이 실소를 흘렸다.

"후후, 역시 돌팔이 의사가 쓸모는 있어."

"물론!"

"그럼 나도 질 수는 없지!"

주영태의 뒤에서 대물 저격총으로 머리만 관통하여 사격하는 정도진의 사격 솜씨는 말할 것도 없었다.

퍼엉!

푸하아악!

일격에 세 마리를 날려 버리는 주영태의 사격 솜씨는 오히려 백린 연막탄보다 빠르게 놈들을 죽여 나갈 정도였다.

카미엘은 그 와중에 소환술사의 위치를 알아내기 위하여 약간의 장치를 마련했다.

그는 주머니에서 몬스터 코어 하나를 꺼내어 하늘로 집어 던졌다.

휘릭!

"도진, 코어를 사격해!"

"오케이!"

타앙!

몬스터 코어는 미가공 상태에서 일정 이상의 충격을 받으면 그 자리에서 산화하고 만다.

일반적으로는 그 산화 과정이 미미한 폭발에 그치지만, 마나를 가진 마법사들은 정반대였다.

퍼엉!

코어 안에 축적되어 있던 자연 상태의 마기가 폭발하면서 마력의 충격파를 생성하게 된다. 그리고 그 마기는 아주 짧은 순간이지만 마력의 불안정을 만들어내게 되는 것이다.

한마디로 전자 기기가 가득한 곳에 EMP폭탄을 투척하는 것이나 마찬가지인 셈이다.

카미엘은 이미 프로텍션 쉴드가 소환된 상태라서 마나의 소모가 필요하지 않았지만, 만약 뒤에서 몬스터를 조종하고 있는 놈이라면 얘기가 달라질 것이다.

꿀렁!

한차례 푸른색 파장이 일어나자 가우스트 물뱀 가운데 섞여 있던 노란색 개체가 일순간 작은 소녀의 형상으로 변하였다.

"잡았다!"

"사, 사람?!"

"저 여자가 범인이다! 저 여자를 잡아야 해!"

그녀는 자신이 발각되었다는 사실을 깨닫자마자 도망치려 했으나 정도진의 손을 피해갈 수는 없었다.

"어딜 도망가는 거냐!"

타앙!

그의 탄환이 범인의 허벅지를 정확하게 뚫고 지나갔다.

서격!

"크윽!"

"좋아! 이제 도망은 못 치겠군!"

카미엘은 한 발 더 쏴서 그녀를 기절시켜 줄 것을 요청하였다.

"저 여자를 기절시킬 수는 없을까?"

"마취총을 쏘자. 그럼 도망가다가 기절해서 뻗을 거야."

"좋은 방법이군."

이영훈은 몬스터용 마취제를 장전하여 그녀의 목덜미에 적중시켰다.

타악!

"으허억!"

마취총에 맞은 그녀는 비틀거리다가 이내 쓰러져 기절해 버렸다.

이제 카미엘과 일행은 몬스터와 아공간을 처치한 후 그녀를 데리고 가기로 했다.

＊　　　＊　　　＊

마영시티 인근 병원 부지에서 응급수술이 진행 중이다.

삐빅, 삐빅.

비상 발전기를 통하여 전기를 공급 받은 주영태는 병원에 있는 장비들을 스스로 세팅하여 수술방을 차렸다.

그는 익숙한 솜씨로 혼자 수술을 진행하는 중이었다.

슥슥슥.

메스로 환부를 절개하고 클램프로 상처를 벌린 그는 끊어진 혈관을 이어주고 상처를 입은 근육을 봉합하였다.

대물저격탄이 허벅지를 뚫고 지나가면서 생긴 상처는 꽤 컸지만 그는 술을 진탕 마신 상태에서도 상당히 태연하게 그것을 수습했다.

마취기를 컨트롤하는 이영훈에게 주영태가 바이탈에 대해 물었다.

"어때?"

"상태가 많이 안정되었어. 더 이상 출혈이 안 생기니 바이탈이 안정되는 것 같아."

"그래도 저격할 때 뼈를 비켜 나가도록 쏴서 다행이야. 만약 어설픈 놈이 대물 저격총으로 다리를 관통시켰다면 다리를 잘

라야 했을지도 몰라."

12㎜ 저격탄으로 사람을 쏘게 되면 뼈가 부러져 잘못하면 신체 일부가 날아가는 사태가 벌어질 수 있으나 고도의 수련을 쌓은 사람은 그렇지 않았다.

정도진의 섬세한 손길 덕분에 다리를 살려낸 주영태는 열어 놓은 환부를 다시 봉합하였다.

슥슥슥.

탁!

봉합과 커팅까지 완벽하게 끝낸 그는 환자를 회복실로 옮겼다.

카미엘과 그 일행은 상처를 입은 그녀가 어떻게 되었는지 궁금해서 주영태와 이영훈을 기다리고 있었다.

"주팔이, 수술은?"

"수술은 성공적이야. 다행히도 중요 부위를 모두 다 비켜 나가서 앞으로 못 걷는 일은 없을 거야."

"다행이군."

"아무튼 정도진이 그 실력 하나만큼은 알아줘야 한다니까."

"사람을 많이 쏴보면 그 정도는 알게 되어 있지."

정도진이 지금과 같은 명사수가 된 것은 비단 몬스터를 많이 사냥해 봤기 때문이 아니었다.

그는 전 세계의 전장을 돌아다니면서 10년 넘게 전투를 겪었기 때문에 어떻게 사격하면 사람을 살리는지, 또는 죽이는지에 대해 잘 알고 있었던 것이다.

정도진은 회복실 침대에 누운 그녀의 허벅지를 손으로 살며시 만져보았다.

"으음, 이 정도면 잘 맞긴 했군."

"봉합이 성공적으로 잘 되었으니 며칠 내로 일어나서 걸어 다닐 수 있을 거야."

카미엘은 나머지 두 개의 아공간을 자신과 정도진, 최현주가 팀을 이뤄 없애고 나머지는 그녀를 지킬 것을 제안했다.

"반반으로 나누어서 아공간을 없애고 이 여자를 감시하기로 하자고. 어때?"

"좋아, 필수 인원만 떠나고 나머지는 이곳에서 대기하는 것으로."

세 사람은 군장을 싸서 쇼핑몰 단지로 향했다.

*　　　*　　　*

대한민국 대표 백화점 브랜드 여덟 곳이 입점하고 중소기업과 해외기업 220개가 입점한 쇼핑몰 단지는 오히려 수도 서울의 명동 거리보다 훨씬 더 크게 조성되어 있었다.

카미엘은 지도에 나와 있는 아공간의 위치를 파악해 두었다.

"하나는 지상 주차장 옥상에 있고 나머지는 그곳에서 얼마 멀지 않은 야적장에 위치해 있어. 잘하면 일타쌍피로 끝낼 수도 있겠는데?"

"그래, 옥상에서 야적장으로 박격포를 쏘면 일거에 쓸어버릴 수 있으니 오늘 안에 사냥이 끝나겠어."

"좋아, 어서 끝내고 저 여자를 심문하러 가자고."

일행은 총 18층으로 이뤄진 옥외 주차장의 비상계단을 통하여 아주 천천히 이동하였다.

뚜벅뚜벅.

아주 작은 발소리만으로도 울림이 큰 비상계단이기에 한 걸음 한 걸음 신경을 쓸 수밖에 없었다.

그렇게 신경을 곤두세우며 오르다 보니 어느새 옥상 바로 아래층인 17층에 이르게 된 카미엘 일행이다.

그는 옥상으로 돌입하기 전에 바깥의 상황을 살피는 것이 좋겠다고 판단하였다.

"일단 로봇을 들여보내고 판단하자고."

"오케이."

카미엘은 정찰 로봇을 문틈으로 살며시 밀어 넣었다.

끼릭, 끼릭.

손바닥만 한 무한 궤도 장치를 열심히 굴려 아공간 앞으로 나아가던 정찰 로봇이 어느 한 지점에 이르러 폭파되고 말았다.

슈우웅!

퍼억!

"…촉수?"

"방금 바닥에서 촉수가 올라온 것 같은데?"

살짝 열린 문틈으로 바깥의 상황을 살피던 일행은 난데없는 촉수의 등장에 당황할 수밖에 없었다.

"뭐지? 이번에도 바닥에 뭔가 숨어 있는 건가?"

"아무래도 그런 것 같아. 이대로는 아공간을 파쇄하기가 영 까다롭겠는데? 포탄이 날아간다고 해도 촉수에 걸려 부서질 가능성이 높거든."

"흐음, 그럼 어떻게 해?"

가만히 생각에 잠겨 있던 카미엘이 옥상 구석에 자리 잡고 있는 물탱크를 발견했다.

"아하, 물탱크!"

"물탱크?"

"물탱크 안에 물이 가득 차 있다면 이 옥상에 홍수를 내고도 남겠지. 최소한 발바닥을 자작하게 적실 정도는 되지 않겠어?"

"그렇지."

"그 위로 질소를 분사해서 빙판을 만든다면 어떻겠어?"

"오오! 촉수는 살로 만들어져 있을 테니 금방 얼어서 움직이지 못하겠군!"

"적어도 포탄을 쏠 수 있는 시간은 만들 수 있겠지."

일행은 각자의 역할이 무엇인지 잘 알고 있었다.

"내가 질소탄을 던지면 두이 아저씨가 얼음판을 소환해서 얼려 버려."

"오케이!"

"그럼 이번에는 내가 먼저 나설 차례인가?"

정도진이 물탱크의 송수관을 조준하여 연달아 사격하였다.

퍼엉!

총 네 발의 총알이 날아가 송수관을 터뜨리자 막혀 있던 물이 배수관을 통해 빠져나오기 시작했다.

최현주는 배수관에 압축 질소 수류탄을 집어 던져 순식간에 두꺼운 얼음을 만들어냈다.

꼬르륵!

그런 후 최현주는 카미엘의 앞에 얼음판을 깔아주었다.

슈우우우욱!

"질소를 깔았어!"

"좋았어."

카미엘은 그 위로 올라가 회복된 마나서클을 이용하여 쿠르드의 영혼석을 소환해 냈다.

스스스스.

이전과는 다르게 검푸른 쿠르드의 형상이 또렷하게 카미엘의 머리 위로 떠올랐다.

쿠르드는 백색 로브를 뒤집어쓴 남자의 형상이었는데, 로브 안에는 검푸른 눈동자와 검게 소용돌이치는 입이 자리 잡고 있다.

카미엘은 쿠르드의 능력을 개방하여 주변에 두꺼운 얼음을 만들어냈다.

끼이이이잉!

촤르르르륵!

쿠르드가 현신하자마자 주변이 순식간에 얼어붙어 거대한

얼음판이 되어버렸다.

카미엘은 그 위로 라바를 소환하였다.

"라바!"

끼릭, 끼릭.

라바는 카미엘이 지정한 목표로 아공간 파쇄탄을 사격하였다.

삐비비비빅!

"포탄 날아간다!"

일행은 옥상의 문을 닫고 두꺼운 철판 안으로 몸을 숨겼다.

잠시 후, 라바가 쏜 탄환이 날아가 아공간을 단숨에 무력화
시켜 버렸다.

츠츠츠츠, 콰앙!

아공간이 무너지면서 콘크리트 바닥을 뚫고 들어가 있던 몬
스터들이 얼음과 함께 아공간 안으로 빨려들어 갔다.

끼이이잉, 팢!

이제 옥상은 다시 예전의 모습으로 돌아왔다.

"성공이다!"

"후후, 나는 이 순간이 제일 좋더라!"

세 사람은 바닥에 떨어진 묵직한 몬스터 코어를 전부 챙겨
주머니에 담았다.

제3장

하수인

마영시티 안 작은 병원 회복실에서 소녀가 눈을 떴다.

"으윽……."

그녀는 다리에 느껴지는 묵직한 통증에 눈을 질끈 감았다.

"아마 당분간은 걷기 힘들 거야. 수술은 잘 끝났지만 아직 상처가 다 아물지는 않았거든. 허벅지 내부가 보일 정도로 깊게 절개했으니 최소한 한 달은 병원 신세를 져야 하겠지?"

"…당신, 누구야?"

주영태는 실소를 흘렸다.

"누구긴, 죽을 뻔한 사람 살려준 의사지."

"의사?"

잠시 후, 주영태의 뒤로 카미엘과 그 일행이 쏟아져 들어왔다.

"그 꼬맹이가 정신을 차렸다고?"

"생각보다 앙칼진 것 같아. 몇 마디 나눠보니 목소리에서 아주 냉기가 뚝뚝 묻어나더군."

카미엘은 소녀에게 단도직입적으로 물었다.

"내가 네놈을 살려준 이유에 대해서 잘 알고 있지?"

"……."

"그렇다면 지금 노선을 선택하지 않으면 죽을 수 있다는 것도 잘 알겠군."

소녀의 눈빛이 날카롭게 변했다.

"죽여라. 어차피 이 목숨에 미련은 없으니."

"호오, 애초에 죽기로 각오한 몸이었다?"

"목숨에 연연하는 것은 너 같은 허접한 놈들이나 하는 짓이다. 어서 죽여라."

카미엘이 고개를 저었다.

"후후, 그냥은 못 죽이지. 우리가 네놈 때문에 고생한 것이 얼마인데 그냥 죽이나?"

"……?"

"고문을 하든 다리를 자르든 네놈이 입을 열 때까지 족치다가 죽여야지. 아마 제정신으로 죽기는 힘들 거다."

그녀는 입술을 짓깨물었다.

"…더러운 자식."

"더러워? 내가? 너처럼 목숨 알기를 개 뭣 같이 아는 놈을 살려둔 것만으로도 감사해할 일 아닌가?"

"……."

"아무튼 네놈은 쓰레기니 쓰레기로 대할 줄 알아라."

카미엘은 그녀를 침대에 묶어서 데리고 가기로 했다.

*   *   *

늦은 밤, 서울 위례성병원 성형외과 병동으로 애드벌룬 하나가 다가왔다.

슈욱, 슈욱.

불로 고도를 유지하면서 날아가던 애드벌룬은 정확히 16층에 멈추어 서서 가로로 현수막을 하나 펼쳤다.

촤라락!

16층 성형외과 병동 1인실에 입원 중에 있던 성혜민은 자신의 눈을 간질이는 불빛에 잠에서 깨고 말았다.

"으음……."

순간, 그녀는 현수막을 바라보곤 자지러지게 놀라 발작을 일으키고 말았다.

"꺄아아아아아악!"

"아, 아가씨!"

"사, 살려주세요! 제발 살려주세요!"

현수막에는 성혜민의 얼굴에 자상을 입힌 사내들의 얼굴이 대문짝만 하게 프린트되어 있었다.

경호원들은 그녀의 주변을 감싸는 한편, 창문을 열어 애드벌룬에 탄 남자에게 총을 겨두었다.

"아가씨를 보호해!"

"예!"

"저 새끼를 가만두지 않겠다!"

창문을 활짝 연 경호원들이 권총을 겨누자, 애드벌룬에 타고 있던 사내는 밧줄을 타고 유유히 도망쳐 버렸다.

휘리리릭!

"저 새끼, 잡아!"

"으하하! 넌 평생 내 손아귀에서 벗어날 수 없다! 죽을 때까지 쫓아다닐 것이다!"

"으흑흑!"

그녀는 울고, 경호원들은 열이 머리끝까지 차올랐다.

한데 정작 그녀의 얼굴에 자상을 입히고 두 명의 생명을 빼앗으려 한 남자는 시시덕거리며 시내를 활보하고 있었다.

그것도 무려 애드벌룬을 타고 이곳까지 오다니, 경호원들과 용병들로선 복장이 터질 노릇이었다.

"제기랄! 어떤 미친 자식이……!"

"아주 작정을 한 모양이군. 그렇지 않고서야 이렇게 끈질기게 그녀를 따라다닐 리가 있나?"

돈을 받고 그녀를 경호하는 용병들이었지만 그들의 파렴치한 행동에 치를 떨었다.

"사람 얼굴에 똥칠을 하는군. 아주 잡히면 생고문을 해주겠어!"

"그나저나 저놈은 지금 지명수배가 떨어져 있는데 어떻게 애드벌룬에 현수막까지 제작해서 왔을까?"

"뒤를 봐주는 놈이 있어. 분명하다."

"그 경찰서장인가 뭔가 하는 놈인가?"

"그럴 수도."

경호원들은 자신들의 선에서 할 수 있는 일이 없음에 통탄했다.

아직 20대 중반, 한창 꾸미고 다닐 나이에 얼굴에 자상을 입은 것으로도 모자라 이런 괴기한 협박까지 받다니, 그들은 속이 뒤집어질 것만 같았다.

"아가씨, 걱정하지 마세요. 다 잘될 겁니다."

"흑흑, 왜 하필이면 나에게……."

경호원들과 용병들은 그녀가 왜 이런 지독한 괴롭힘에 시달려야 하는지 너무나도 잘 알고 있었다.

그들은 권력 다툼의 희생양이 된 그녀이지만 한편으론 상속자의 무게를 짊어진 그녀의 숙명이라고 생각했다.

"아가씨, 마음을 굳건히 하십시오. 언젠가 총괄이사님께서 온전히 정권을 잡고 회장님이 되신다면 모두 끝날 일입니다. 그때까지 버티셔야 합니다."

"흑흑, 하지만 너무 힘들어요."

"압니다. 저희들의 마음도 좋지 않습니다. 저 개자식들을 쫓아가서 확 칼침을 놓고 싶지만 그럴 수가 없습니다. 우리는 아가씨의 곁을 지켜야 하니까요."

"…고마워요."

"끝까지 버티세요. 버티는 사람이 이기는 겁니다. 저런 피라미들은 어차피 말로가 좋지 않습니다. 하지만 아가씨는 다르지요. 굳건히 버티세요. 그 방법밖에는 없습니다."

"네……."

그녀는 경호원들의 위로에 정신을 차리려 애썼다.

*   *   *

애드벌룬 사건이 일어난 직후, 태영그룹 법무팀은 경찰청에 정식으로 항의하였다.

피해자 신변을 보호해야 할 경찰들이 애드벌룬이 병원 창문까지 올 때까지 아무것도 하지 않았다는 것은 말도 안 되는 처사라며 따졌다.

하지만 경찰은 대수롭지 않게 항의를 무마시켰다.

"우리가 애드벌룬까지 막아야 합니까?"

"……."

"애드벌룬을 타고 날아온 그 미친놈을 우리가 도대체 어떻게 할까요? 다짜고짜 총으로 쏴 죽일까요?"

"불가피하다면 총으로 쏴야 하지 않겠습니까? 정신적인 피해를 주는 것도 엄연히 범죄입니다."

"거참, 별것도 아닌 일에 무슨 총까지 운운합니까? 그만 돌아가시고 범인이 잡힐 때까지 천천히 기다리시지요."

경찰들은 놀랍도록 침착하고 단호하게 그를 밀어냈다.

"더 이상 따지고 들면 공무 집행 방해죄로 확 집어넣을 줄 아세요."

"…알겠습니다. 오늘은 이만 돌아가 보도록 하지요."

강남서에서 문전박대를 당한 이연성의 핸드폰으로 한 통의 전화가 걸려 왔다.

—이연성 씨?

"누구십니까?"

—왜 자꾸 남의 뒤를 캐고 다니십니까?

순간, 그의 발걸음이 우뚝 멈추었다.

"…당신 누구야?"

—듣자 하니 우리 뒤를 캐고 다닌다던데, 그러다가 야밤에 칼 맞아 죽으면 참 쓸쓸할 텐데요.

"뭐요?!"

—오늘은 경찰서까지 찾아오셨네요. 변호사라는 양반이 이런 일로 일일이 경찰서까지 찾아오다니 남 보기에 부끄럽지 않으세요?

그는 재빨리 고개를 돌려 주변에 사람이 있는지 찾아보았다.

그런데 저 멀리 경찰서 공중전화로 누군가가 전화를 걸고 있는 것이 보인다.

'저 사람인가?!'

이연성은 최대한 침착하게 전화를 받으며 공중전화로 다가 갔다.

"원하는 것이 뭐요? 일단 만나서 얘기합시다."

—만나자고? 지금 당장? 에이, 내가 뭘 믿고 당신을 만나겠어요? 만약 나갔다가 경찰에 붙잡히기라도 하면 난 어쩌라고.

"아니, 그렇게 안 합니다. 나도 사리 분별은 할 줄 아는 사람이라고요."

—사리 분별을 할 줄 안다는 사람이 야밤에 경찰서나 들락거려요? 한심하네요.

"…나도 그럴 만하니까 그러는 것 아닙니까? 그러니 일단 만나서……."

—넥타이 멋있네요.

뚜우, 뚜우—

놈이 전화를 끊자마자 공중전화에 서 있던 남자가 경찰서 정문을 이용해 바깥으로 나서는 모습이 보인다.

이연성은 놈을 향해 전력 질주했다.

"…이 새끼, 반드시 잡는다!"

하지만 놈은 경찰서 앞을 지나가던 택시를 타고 도주하기 시작하였다.

부아아아앙!

"이런 씨발!"

다시 경찰서 주차장으로 되돌아간 이연성은 자신의 차를 끌고 그 뒤를 쫓기 시작하였다.

끼이익, 부아아아앙!

한밤중이라서 낮보다는 한적했으나 취객들이 돌아다니고 있어서 운행에 어려움이 있었다.

그는 자신의 앞에 갑자기 나타난 취객 때문에 반사적으로 핸들을 왼쪽으로 틀었다.

끼기기기긱!

"젠장!"

급제동 후 사이드브레이크를 채워서 방향을 전환한 그는 급발진으로 다시 놈의 뒤를 따랐다.

부아아앙!

그나마 다행인 것은 차량의 출력이 좋아서 택시를 따라잡는 데 문제는 없어 보인다는 것이다.

하지만 앞이 막힌 삼거리에서 운명이 갈렸다.

택시가 좌회전을 한 후에 신호가 바뀌어서 지금 뒤따라가면 사고가 날 수도 있다는 것이다.

그러나 지금 그의 눈에 신호 따위가 보일 리가 없었다.

부아아아아앙!

"이런 젠장!"

그는 전력으로 차를 몰아서 신호가 바뀌자마자 쏟아져 나오는 차량을 아주 간발의 차이로 피했다.

빠앙!

"이런 미친놈아! 운전 똑바로 안 해!"

사방에서 욕지거리가 쏟아져 나왔지만 그는 한 귀로 듣고 한 귀로 흘렸다.

그렇게 삼거리를 빠져나와 달리다 보니 저 멀리서 다시 우회

전을 하는 택시가 보인다.

"거의 다 잡았다!"

이제 꽁무니를 잡았다는 생각이 들 즈음 그의 눈앞이 번쩍였다.

빠아앙!

콰앙!

"크허억!"

15톤 덤프트럭 한 대가 전속력으로 달려와 그의 차를 들이받았고, 반대편에서 차선을 넘어오던 지게차가 조수석을 철판으로 밀어버렸다.

까앙!

단숨에 찌그러져 버린 차량에서 이연성의 피가 흘러나오고 있다.

택시에서 내린 사내는 그 광경을 바라보며 배를 잡고 웃었다.

"낄낄낄, 미친놈! 눈치가 없어도 그렇게 없나? 바보가 아니고서야 유인한다는 것을 쉽게 알아차릴 텐데 말이야."

"그만큼 놈이 다급했다는 것이겠지. 그년이 제정신이 아니니 우리를 잡아서 상황을 반전시켜 보려는 것 아니겠어?"

"크크크, 멍청한 놈! 그것도 통할 사람들에게 써먹어야지, 우리가 저런 허접한 놈에게 잡힐 줄 알았나?"

"펜대나 굴리던 범생이가 뭘 알겠냐?"

네 사람은 이연성이 타고 있던 차를 트럭의 특장에 싣고 차량 안에 내장되어 있는 살수기로 주변을 깔끔하게 청소하였다.

촤라라라라락!

이 정도로 깔끔하게 치워놓으면 교통사고가 났다는 사실조차 아는 사람이 없을 것이다.

정리를 끝낸 네 사람은 각자 차를 몰고 경기도 양평으로 향했다.

*   *   *

카미엘이 의문의 소녀를 데리고 온 곳은 다름 아닌 그의 집이었다.

일을 마무리 지어놓고 집으로 돌아온 카미엘은 집에서 아이를 돌봐주고 있는 베이비시터 정미옥에게 꾸벅 고개를 숙였다.

"누님, 감사합니다!"

"별말씀을. 아이들이 울지도 않고 착해. 우리 아들딸이 이랬으면 참 편했을 텐데 말이야."

"하하, 감사합니다."

그녀는 넝마 꼴을 하고 따라온 소녀를 바라보며 물었다.

"저 처자는 누구야?"

"사정이 있어서 데리고 왔습니다."

"쯧쯧, 옷 꼴이 그게 뭐야? 오는 길에 옷 좀 사다 주지 그랬어?"

"일단 집부터 들러야 할 것 같아서 급하게 왔네요."

"으음, 알겠어. 그럼 동사무소에 전화해서 필요한 것들을 좀 챙겨달라고 하자고."

"예, 알겠습니다."

"어이구, 그나저나 다 큰 처자가 그렇게 속살이 다 보이는 옷을 입고 다니면 어쩌누?"

정미옥은 기꺼이 자신이 입고 있던 겉옷을 그녀에게 벗어주었다.

"자, 받아."

"……?"

"입어. 요즘 날씨가 꽤 춥잖아. 한창 추울 땐데 그렇게 허름하게 입고 다녔다간 감기 들 거야."

카미엘은 그녀에게서 옷을 받아 소녀에게 건넸다.

"자, 입어. 해치치 않는다."

"…알겠다."

그녀는 카미엘이 건넨 옷을 입곤 어색한 듯 양팔을 들어 보였다.

"어때? 좀 따뜻하지?"

"……."

"아무튼 저 아가씨도 사정이 좋지 않은 것 같으니 우리가 도와줘야지. 안 그래, 둥이네?"

"예, 물론이지요."

"조금만 기다려. 곧 필요한 것들을 챙겨 올게."

정미옥은 자전거를 타고 동사무소로 향했고, 카미엘은 소녀를 집 안으로 들였다.

"가자."

"…뭐 하는 거지?"

"들어와 보면 안다."

그녀는 카미엘을 따라서 방으로 들어갔다가 화들짝 놀라서 그 자리에 굳어버렸다.

"하버버!"

"까햐!"

"이놈들, 잘 있었어?"

카미엘은 자신의 다리를 붙잡고 안아달라고 팔을 뻗는 쌍둥이를 양팔에 안아 들었다.

그녀는 너무 놀라서 어떻게 해야 할지 몰라 허둥지둥했다.

"어, 어어?"

"왜, 아기들을 처음 보나?"

"나, 난… 그러니까……."

그는 낯을 가리지 않는 아린을 그녀에게 넘겼다.

"자, 받아. 우유를 타야 해."

"허, 허억! 나, 난 아이를……."

"괜찮아. 아린은 손힘이 좋아서 알아서 잘 매달려. 엉덩이나 잘 받쳐줘."

아린은 그녀에게 매달리자마자 손뼉을 치고 윙크를 해댔다.

"꺄하하!"

짝짝!

워낙 애교가 많고 활발한 성격의 아린이라 동네 아낙들의 사랑을 독차지하곤 했다.

　　그런 아린의 필살 애교가 소녀의 마음에 들어가 박혔다.

　　"…뭐, 뭐 하는 거지?"

　　"뭐 하는 거긴, 네가 좋다고 박수 치고 있잖아."

　　"내, 내가 좋다고?"

　　"아기들은 거짓말을 안 해. 싫은 사람은 싫다고 밀쳐내지. 그리고 자신을 좋아하지 않는 사람도 잘 알아. 자신을 싫어하는 것 같은 사람에겐 아예 눈길조차 주지 않아. 아기들은 순수하기 때문이지."

　　"……."

　　아린과 눈이 마주친 소녀는 떨리는 손으로 볼을 살짝 건드렸다.

　　그러자 아린이 그 손가락을 붙잡고 위아래로 흔들었다.

　　"나, 나, 나, 나……!"

　　"요즘 공공보육원에서 노래를 가르친다고 하더니 정말 따라 하는 모양이군. 자기가 재미있게 느낀 것을 남에게 가르치는 거야."

　　"…뭘 가르친다고?"

　　"놀이 말이야. 놀자고 말을 걸잖아."

　　"말을 못 하는데?"

　　"그냥 그런 줄 알아. 놀자고 하고 싶긴 한데 말을 못 하니 행동으로 표현하는 것 아닌가? 그러니 절반은 맞는 셈이지."

"그렇군."

카미엘은 아린의 분유를 타서 그녀에게 건넸다.

"받아. 이제 곧 분유 먹을 시간이야."

"어, 어어?"

"안 죽는다. 받아서 먹여."

카미엘은 아델을 안고 양반다리를 하고 앉아 꽤 능숙하게 우유를 먹였다.

"춥춥……."

"이렇게 먹이는 거야. 머리를 편하게 받쳐야 기도로 우유가 넘어가지 않고 잘 먹을 수 있어."

소녀는 떨리는 손으로 우유병을 잡고 카미엘을 따라 간신히 우유를 먹이기 시작했다.

"찹찹."

"잘 먹는군. 그래, 그렇게 먹이는 거야."

"…나에게 왜 이런 것을 시키는 거지?"

카미엘은 보일 듯 말 듯 미소를 지었다.

"글쎄, 왜일까?"

"나랑 장난하자는 건가?"

"두고 보면 알겠지. 내가 왜 이곳까지 너를 데리고 왔는지 말이야."

그녀는 떨떠름한 표정으로 우유를 끝까지 먹였다.

＊　　　＊　　　＊

그날 저녁, 소녀에게로 몇 개의 박스가 전달되었다.

유희나는 자신이 고등학교 다니던 시절에 입던 옷가지를 전부 가지고 나왔다.

"제가 입던 옷과 동네 친구들이 입던 옷을 전부 털어봤는데, 요즘 아이들이 입을 만한 옷이 별로 없네요. 일단 급한 대로 가지고 왔으니까 입어요."

"……."

그녀는 유희나가 전해준 옷들을 잡고 늘려보며 연신 고개를 갸웃거렸다.

"옷… 옷인가?"

"아아, 어떻게 입는 것인지 잘 몰라요? 내가 알려줄게요."

"아, 아니, 난……."

"괜찮아요. 보아하니 나이가 한 열일곱은 된 것 같은데, 맞죠?"

"그, 그렇긴 하지만……."

"나랑 열다섯 살도 넘게 차이 나잖아? 그럼 언니가 아니고 이모지. 이모인데 이 정도도 같이 못 할까 봐?"

그녀는 소녀를 데리고 아이들이 뒹굴고 있는 방으로 들어갔다.

"두이 씨, 들어오지 말아요!"

"보라고 애원해도 안 볼게요."

유희나는 그에게 신신당부를 해놓곤 신이 나서 옷가지를 꺼내 들었다.

"으음, 보자. 이게 한때 유행하던 북스페이스 트레이닝이고, 이게 어디다스 티셔츠. 아아, 신발도 있네요!"

"어, 어디?"

"아무튼 유행은 한참 지났어도 입을 만할 거예요. 한번 입어 봐요."

고등학교를 다니던 시절에는 상당히 말랐던 유희나는 44 사이즈가 딱 맞는 소녀를 바라보며 손뼉을 쳤다.

"어머나! 딱 맞네! 역시 내 눈썰미가 틀리지 않았어!"

"……."

머리가 산발이긴 해도 본판은 상당히 준수한 소녀이기에 뭘 입혀놓아도 그림이 되었다.

그녀는 외출복에 정장까지 죄다 꺼내서 아예 패션쇼를 벌였다.

"어머, 원피스가 아주 딱 맞네! 오호호!"

"…즐거워해야 하는 건가?"

"그럼! 이것도 하나의 재미인데!"

잠시 후, 유희나는 그녀에게 옷을 입혀놓고 갑자기 문을 활짝 열었다.

철컥!

"허, 허억!"

"두이 씨, 이것 좀 봐요! 예쁘죠?"

"으음, 그렇군요."

"본판이 워낙 인형같이 예뻐서 뭘 입혀도 아주 후광이 비추네요!"

"고맙습니다. 신경을 써줘서."

"훗, 아직 끝나려면 멀었어요."

"……?"

"옷도 예쁘게 입었으니 머리 좀 하러 가요. 아주 산발이네."

소녀는 손사래를 쳤다.

"아, 아니, 난……."

"괜찮아요. 이 이모가 알아서 잘해줄게. 가요!"

그녀는 유희나의 손에 이끌려 번화가 미용실로 향했다.

"다녀올게요!"

"부탁 좀 하겠습니다."

양손에 아이들을 안은 카미엘은 방으로 들어가 버렸다.

*　　　*　　　*

삼척 시가지로 나온 희나는 소녀의 손을 꼭 잡고 거리를 활보하였다.

"어때요? 여기가 시내 한복판인데, 좀 좁죠?"

"…난… 잘 모르는데."

"으음, 그래요? 뭐, 상관없어요. 처음부터 잘 아는 사람이 어디 있겠어요?"

그녀는 미용실로 가기 전에 중앙시장 분식 골목에 들러서 간식을 사먹기로 했다.

"쩝, 원래 살이 쪄서 잘 안 먹는데 오늘은 특별히 소녀가 있으니까 먹어야지. 아 참, 이름이 뭐예요?"

"리나······."

"리나? 어머, 이름 예쁘다!"

"······."

희나는 리나를 데리고 단골 분식집으로 향했다.

"이모, 저 왔어요!"

"희나 왔어? 요즘은 할복장에 잘 안 나오네?"

"동사무소가 좀 바빠요. 저번 몬스터 사태로 시에서 뭔 지침이 내려왔다는데 아주 골치가 아파요."

"하긴, 그럴 만도 했어. 잘못하면 정라동이 아예 쑥대밭이 될 뻔했다면서."

"그러니까요. 죽은 사람들만 불쌍하게 되었죠."

"······."

분식집 주인은 리나를 보자마자 환하게 웃었다.

"어머나, 예뻐라! 누구야?"

"두이 씨가 데리고 왔대요. 아무래도 난민이나 기억상실 같아요."

"으음, 딱하기도 하지!"

"그래도 이렇게 예쁜 난민이 어디에 있어요? 그렇죠?"

"그러게 말이야."

그녀는 리나에게 튀김과 떡볶이, 김밥, 어묵 등을 놓아주며 말했다.

"먹어. 오늘은 공짜로 주는 거니까 마음껏 먹어."

"어머나, 그래도 괜찮아요?"

"어차피 문 닫으면 버려야 할 것들이야. 이럴 때 선심 안 쓰면 언제 쓰겠어?"

"이모, 감사해요!"

"별말씀을."

리나는 앞에 음식들을 두고 생각에 잠겼다.

"……"

"왜요? 음식이 마음에 안 들어요?"

"그건 아닌데, 왜 공짜로 이런 것을 주는지……"

"아아, 난 또 뭐라고."

그녀는 웃으면서 리나의 질문에 답해주었다.

"사람이 산다는 것은 그래요. 혼자서는 살 수 없죠. 그래서 사람들은 서로 정을 베풀어요. 물론 그것이 다시 나에게 돌아온다는 보장은 없어요. 하지만 베푸는 것도 하나의 기쁨이니 받는 것만큼이나 행복해지죠. 그래서 주는 거예요."

"주는 것이 행복하다니……"

"아직은 잘 모를 수도 있어요. 하지만 사람이 어울려 살다 보면 베풀 때도 있고 받을 때도 있어요. 우리 리나 양도 언젠가는 깨닫게 되겠지요?"

"……"

그녀는 분식집 주인이 준 음식을 입에 넣었다.

그러곤 눈이 동그래졌다.

"……!"

"맛있어요?"

"…매워. 하지만 맛있어."

"호호, 원래 떡볶이가 그런 거지. 제대로 배워 가네요."

"그러게 말이야."

리나는 허겁지겁 분식을 먹어치우기 시작했다.

*　　　　*　　　　*

늦은 밤, 리나가 양손에 쇼핑백을 가득 들고 돌아왔다.

카미엘은 아이들을 재워놓고 그녀를 기다리고 있었다.

"어때, 사람이 산다는 것이?"

"…나쁘지는 않군."

"이래도 네가 살아야 할 이유가 없다고 말할 수 있나?"

"……."

"이래도 네가 죽인, 지금 죽이려는 사람들이 죽어도 괜찮겠나?"

그녀는 고개를 푹 숙였다.

"…속죄할 수 있을까?"

"그럴 의지만 있다면 얼마든지."

리나는 한숨을 토해냈다.

"휴우……."

카미엘은 한참을 한숨만 토해내는 그녀를 가만히 바라보고 있었다.

그러다 문득 그녀가 고개를 들었다.

"이곳에서 나도 함께 살 수 있을까?"

"물론이지."

"난 이계에서 온 이방인이고 살인을 일삼던 나쁜 년인데?"

"나도 이계에서 왔다. 살인은 너보다 훨씬 더 많이 저질렀다. 하지만 그래도 속죄할 생각이 있고 의지만 있다면 용서받을 수 있다. 과거가 중요한 것이 아니라 지금이 중요한 거야."

그녀는 고개를 끄덕였다.

"알겠다. 너를 따르도록 하지."

"잘 생각했다."

카미엘은 그녀를 집 안으로 들였다.

"들어가자. 밤참이라는 것을 해먹자고."

"밤참?"

"들어와 보면 알아."

두 사람은 아이들이 깰까 조심스럽게 부엌문을 열고 들어갔다.

제4장

제보

　이른 새벽, 방장산 산비탈 아래 작은 마을 이승리 근방으로 엄청난 양의 몬스터가 운집하고 있었다.

　대략 5천 마리쯤 되는 이 몬스터들은 무려 일주일 동안 차근차근 아공간을 통하여 나왔다.

　아직까지 초기 진화 형태를 띠고 있기 때문에 화기로도 충분히 제압이 가능하겠으나, 이들을 피해 없이 제압하자면 최소한 1개 사단은 필요할 것이다.

　하지만 몬스터가 몰려오든 말든 이승리는 축제 분위기로 한창 달아올라 있었다.

　방장산에선 5년 전부터 겨울산 축제와 얼음 폭포 축제가 열려 매년 수십만 명의 인파가 몰렸다.

워낙 유명한 방장산인데다 이때만큼은 소정의 참가비만 지불하면 마음껏 음식을 먹고 즐길 수 있어 외국에서도 관광객이 꽤 많이 찾아왔다.

이번 축제 역시 7만 명이 넘은 내수 관광객과 2만 8천 명에 달하는 외국인 관광객이 찾아왔다.

오늘이 축제 첫날임을 감안한다면 하루 이틀만 더 지나면 족히 두세 배, 그 이후엔 훨씬 더 많은 인파가 몰릴 것이다.

축제 이틀째부터는 아주 저렴한 가격에 전통주와 약주, 산삼주를 판매하기 때문에 이때부터는 중국과 일본에서 사람들이 물밀듯이 밀려든다.

그렇기 때문에 방장산 겨울산 축제에는 이틀째부터가 본격적인 축제의 시작이라고 해도 과언이 아니었다.

전북 지방경찰청은 이곳으로 300명의 인력을 동원하는 한편, 인근 군부대에 병력 동원 요청을 해둔 상태였다.

그러나 일반 보병만으로는 5천 마리의 몬스터를 막아낼 수 없을 것이다.

크르르르릉!

방장산 축제의 장 반대편에 서서 축제의 현장을 바라보고 있던 소환술사 카눈이 득의에 찬 미소를 지었다.

"후후, 나의 군대가 무럭무럭 자라는 소리가 벌써 들려오는 것 같군."

"카눈 님, 몬스터들을 언제쯤 출격시킬까요?"

그는 자신을 보좌하는 비서 정태린에게 리나의 소재를 물었다.

"몬스터를 출격시키자면 지휘관이 필요하다. 리나는 지금 어디에 있나?"

"명령하신 작전을 수행하고 있는 것으로 압니다."

"연락이 닿지 않나?"

"그곳은 이미 방해 전파가 흐르고 있습니다. 광대역 무전기는 통하지 않습니다."

현재 마영신도시에는 방해 전파가 원형의 막을 형성하고 있기 때문에 신도시 밖에선 안으로 무전을 주거나 유무선 연락이 불가능했다.

만약 그녀를 찾고자 한다면 신도시 안으로 직접 들어가야 할 것이다.

카눈은 그녀를 조금 더 기다리기로 했다.

"기다린다."

"오늘 병력을 움직여야 내일쯤 덮칠 수 있을 텐데요."

"지휘관이 없는 군대도 있나? 그녀가 없이는 출발할 수 없다."

"하지만 시간이 너무 지체되면 때는 이미 늦습니다."

그는 손을 뻗어 정태린의 턱과 볼을 한꺼번에 움켜쥐었다.

턱!

"…결정은 내가 한다."

"죄, 죄송합니다."

"내가 없으면 너희들도 없다. 명심해라."

"다시는 심기를 건드리는 일이 없을 겁니다."

카눈은 그제야 그녀의 얼굴을 놓아주었다.

그녀는 빨개진 볼을 쪼그라뜨렸다 펴며 굳은 안면을 풀었다.

잘못하면 죽는다는 사실을 알면서도 그에게 대든 그녀이지만 역시나 수확은 없었다.

"명을 재촉해서 좋을 것 없다. 네 주인에게도 그리 전해라."

"예……."

이윽고 카눈은 몬스터들이 파놓은 동굴로 향했다.

"때가 될 때까지 기다린다. 그리고 때가 되면 불러라."

"예, 알겠습니다."

돌아서는 그의 뒷모습을 바라보는 정태린은 입술을 짓깨물었다.

'언젠가는 반드시 네놈을 죽여 버리겠다.'

그녀가 마영신도시로 돌아가려는데 불현듯 전화가 걸려왔다.

따르르릉!

넙치다.

순간, 그녀의 표정이 싸늘하게 굳었다.

"자꾸 전화하지 말라고 분명히 말했을 텐데요?"

─이런, 내가 연락하면 안 되는 사람에게 연락한 건가? 이거 참, 죄송해서 어쩌나? 다시는 연락하지 말까?

"…용건이 뭡니까?"

─으음, 자꾸 그렇게 섭섭하게 굴면 나도 가만히 있지는 않아.

"……."

정태린은 이를 악물며 말했다.

"…용건이 뭡니까?"

─하하, 내가 장난이 너무 심했지? 그러게 왜 자꾸 그렇게 딱
딱하게 굴어?

그는 핸드폰으로 문자 한 통을 보냈다.

딩동!

레드플랜 투자신탁 : 456─***─*****

그녀는 한숨을 내쉬었다.

"후우……."

─이곳으로 100억 보내. 요즘 내가 몸이 좀 안 좋아서 요양
비가 필요하거든. 한 100억이면 편히 쉴 수 있지 않겠어?

"이미 돈은 지불한 것으로 압니다만?"

─그거야 당신들 생각이고, 내가 애드벌룬까지 타면서 그 생
개지랄을 했는데 이 정도는 받아야 하지 않겠어?

"당신들, 이러고도 무사할 줄 알아?!"

─큭큭, 무사하지 않으면 뭘 어떻게 할 건데?

그녀는 전화를 끊어버렸다.

뚜우─

그러자 그녀의 전화로 멀티메일 한 통이 날아들었다.

메일에는 음성 파일이 첨부되어 있었는데, 바로 방금 전 통
화 내용이 고스란히 녹음된 파일이었다.

그녀는 핸드폰을 땅바닥에 집어 던져 버렸다.

빠악!

"이런 개새끼! 실력 좀 있다고 오냐오냐했더니 아주 사람을 개 졸로 보는군!"

핸드폰 부서지는 소리를 듣고 달려온 그녀의 부하들이 물었다.

"보스, 무슨 일이십니까?!"

"…넙치 새끼를 지금 당장 잡아와. 씨발 놈, 아주 물고를 내줘야겠다."

"하지만 지금 넙치는 함부로 건드리면 안 되는 상대입니다. 회장님께서……."

"너희들은 회장님의 부하냐, 아니면 내 식구냐?"

"그, 그건……."

"명령이다. 놈을 잡아다 내 앞에 데려다 놔."

"예, 보스!"

그녀는 씩씩거리는 발걸음으로 마영신도시로 향했다.

*　　　　*　　　　*

마영신도시 입구, 이곳은 어느새 깔끔하게 정리되어 마무리 공사가 진행 중에 있었다.

정태린은 공사 관계자를 찾아갔다.

"수고하십니다. 저는 태영그룹에서 나왔습니다."

"아, 예."

태영그룹 비서실 명찰을 가지고 있는 그녀는 어째서 다시 공사가 진행되는지 물었다.

"이곳은 몬스터가 창궐했다고……."

"예? 몬스터요? 그게 무슨 소리입니까?"

"분명 며칠 전까지만 해도 공사가 중단된 것 아니었습니까?"

"그랬지요. 한데 몬스터 때문에 공사가 중단된 것은 아니었는데요?"

"…그럴 리가 있나?"

그녀는 재빨리 핸드폰을 들어 그룹 본사로 전화를 걸었다.

따르르르릉!

―네, 태영그룹 비서실입니다.

순간, 그녀는 화들짝 놀라 핸드폰을 떨어뜨렸다.

따악!

공사 관계자가 핸드폰을 주워 다시 그녀에게 건넸다.

"어이쿠, 새 핸드폰을 그렇게 막 떨어뜨리시면 어쩝니까? 요즘은 핸드폰을 튼튼하게 만들어서 괜찮으려나?"

"……."

잠시 후, 그녀의 곁으로 한 사내가 다가왔다.

"정태린 씨?"

"예, 그렇습니다만……."

"경찰에서 나왔습니다. 잠깐 참고인 진술 좀 들을 수 있겠습니까?"

"참고인 진술이요?"

"아주 잠깐이면 됩니다. 같이 좀 가시죠."

그녀는 고개를 갸웃거렸다.

"무슨 참고인 진술을 한다고……."

"여기서 말씀드리긴 좀 뭣합니다. 살인에 관한 것이라서 말입니다."

그의 뒤에 서 있는 네 명의 남자를 바라보니 어지간해선 빠져나갈 구멍이 없어 보였다.

정태린은 어쩔 수 없이 그를 따라가기로 했다.

"좋습니다. 하지만 경찰서까지 가기는 좀 그렇고 이 근방에서 얘기를 나누시죠."

"뭐, 그럽시다."

그녀는 경찰이 끌고 온 차를 타고 공사장을 빠져나갔다.

*　　　　*　　　　*

공사장에서 나온 차량이 도시 외곽으로 향한다.

순간, 정태린은 뭔가 일이 잘못되고 있다는 것을 깨달았다.

"이런 씨발, 당신들 진짜 경찰 맞아?"

"입이 걸걸하시네요. 경찰에게 씨발이 뭡니까, 씨발이?"

"…이런 개새끼들! 너희들, 경찰 아니지?!"

"아니면 뭐 어쩔 겁니까? 죽이기라도 할 겁니까?"

"이런 개자식들이!"

챙!

그녀는 품속에 가지고 다니던 회칼을 꺼내어 남자의 복부를 향해 빠르게 찔렀다.

휘릭!

하지만 그 손은 복부에 닿기도 전에 힘을 잃고 말았다.

턱, 퍼억!

"크헉!"

"이런 허접한 칼질은 아프가니스탄에선 상상도 할 수 없는 짓이라고."

"…뭐, 뭐야?!"

"뭐긴, 용병이지."

그는 주먹으로 정태린의 관자놀이를 후려쳤다.

빠악!

그러자 그녀의 눈앞에 순식간에 흐려지면서 아주 잠깐 정신을 잃었다.

주변의 소리는 그녀의 귓가에 틀어박히지 않았고 정신은 저 먼 곳 너머로 향해 있었다.

삐이!

대략 30초쯤 이명이 들리고 나자 그녀의 정신이 다시 돌아왔다.

그런데 그녀의 눈앞에 처음 보는 얼굴의 남자와 리나가 함께 서 있다.

"리, 리나?!"

"…이 여자가 분명하다."

"으음, 그래? 이 여자가 그놈의 끄나풀이란 말이지?"

정태린은 배신감에 치를 떨었다.

"이런 쌍! 네가 감히 우리를 배신해?! 죽고 싶은 것이냐?!"

"어차피 내가 배신하지 않으면 언젠가 네년이 나를 배신했을 것 아니야? 항상 나와 그놈을 잡아 죽이고 싶어서 안달이 나 있던 년이 지껄일 말은 아닌 것 같군."

"뭐라?"

이제 보니 그녀는 정태린이 언젠가 두 사람을 해치우고 속 시원히 살아가기를 바란다는 것을 이미 알고 있던 모양이다.

이렇게 한바탕 얻어맞고 나니 할 말이 없어진 그녀였다.

"…그래, 이젠 뭘 어쩔 것이냐?"

"어쩌긴, 모든 것을 제자리로 되돌려 놓아야지."

"……?"

리나는 칼을 뽑아 들었다.

챙!

그러곤 정태린의 허벅지를 칼로 찔러 버렸다.

퍼억!

푸하아아악!

"크으으으으윽! 이런 육시럴!"

"끝까지 앙칼진 년이군. 이봐, 이년을 어떻게 죽여야 한다고?"

"그냥 죽이고 싶은 대로 죽여."

"알겠다."

이윽고 그녀의 칼이 다시 정태린을 향했다.

*　　　*　　　*

정태린이 떠난 지 열 시간째, 카눈은 아직도 감감무소식인 그녀를 기다리고 있었다.

"대책이 없는 놈이군. 지금 시간이 몇 시인데 아직까지 꾸물거리고 있는 거야?"

카눈이 홀로 그녀를 기다리고 있는데, 저 멀리서부터 뭔가 묵직한 소리가 들려왔다.

쿠구구궁!

"......?"

무심코 뒤를 돌아본 카눈은 너무 놀라 소리조차 지르지 못했다.

끼에에에에엑!

"브, 블러디안?!"

─저놈이 오늘의 제물인 모양이군. 키헤헤!

혈마 블러디안은 몬스터뿐만 아니라 인간계의 마도사 중에서도 최상급에 달하는 괴력을 가진 존재였다.

블러디안 하나로 인해 일국의 군대가 궤멸된 것을 생각하면 그 파급력은 거의 자연재해급이라 볼 수 있었다.

카눈은 블러디안의 힘에 대해 누구보다 더 잘 아는 사람이었다.

"브, 블러디안이라니! 제기랄!"

그는 마을을 습격하기 위해 모아둔 몬스터들을 전부 이곳으로 집결시켰다.

"휘익!"

크헤에에엑!

비록 리나처럼 몬스터들과 소통할 수는 없지만 혈마에 대항하기 위해 세력을 운집시키는 것은 가능했다.

몬스터들이 그의 신호에 따라 몰려들자 블러디안이 광기 어린 폭소를 터뜨렸다.

크헤헤헤, 크헤헤헤!

바로 그때, 블러디안의 신형 뒤로 한 줄기 섬광이 번쩍였다.

피융!

"어, 어라?"

섬광은 이내 검기로 변하여 그의 옆구리를 스치고 지나갔다.

서걱!

순간, 그의 옆구리에서 엄청난 양의 피가 쏟아져 나왔다.

푸하아아아악!

블러디안은 그 피를 머금고 성장하여 그 색이 점점 더 짙어졌다.

―크하하하! 그래, 바로 이 맛이다!

몬스터들은 블러디안의 혈기에 이끌려 미친 듯이 돌격하였다.

두구두구두구!

블러디안은 자신을 향해 달려드는 몬스터들을 피의 지옥으로 인도하였다.

직경 300미터의 원 안에는 피가 잔잔하게 깔려 있었는데, 그 피를 밟은 몬스터들이 혈기가 만들어낸 창에 찔려 내장을 쏟으며 죽어갔다.

퍼어억!

끄웨에에엑!

처음 한 마리가 흘린 피는 블러디안을 한 단계 더 성장시켰고, 그다음 몇 마리가 찔려서 흘린 피는 그를 몇 단계 성장시켰다.

블러디안은 피를 맛볼수록 점점 더 세력을 확장시켰고, 결국엔 직경 3㎞의 세력을 갖게 되었다.

―크흐흐흐, 오너라! 나의 제물이 되어라!

카눈은 두 눈을 뜨고 보면서도 도저히 이 상황을 믿을 수가 없었다.

"이럴 수가! 혈마가 이곳까지 따라오다니, 이건 말도 안 되는 일이다!"

"그래, 말도 안 되는 일이지."

순간, 그의 두 눈이 동그래졌다.

"허, 허억!"

"누군가 했더니 애송이였군. 이름이 뭐라고?"

카눈은 그의 팔에 새겨져 있는 황금색 문신에 대해 전해 들은 적이 있었다.

300년 넘게 살아온 기계 마도사 카미엘은 이미 인간의 한계를 초월했으며, 몬스터의 왕들을 자신의 휘하로 들였다.

그 저력은 제국을 무너뜨리고도 남을 정도이며 전무후무, 앞으로 그보다 뛰어난 대마도사는 존재하지 않을 것이다.

카눈은 자신의 앞에 나타난 저 사내가 카미엘이라고 확신했다.

"…카미엘!"

"오호, 내 이름을 아는 것을 보니 유페리우스에서 온 것이 분명하군."

그는 서서히 무너지는 자신을 느꼈다.

"쿨럭쿨럭!"

"아마 옆구리에 긴 자상을 입어서 봉합 없이는 살기 힘들 것이다. 뭐, 영검술로 만들어진 검이라 파상풍은 입지 않겠지만 과다 출혈은 막을 수 없을 거야."

"…이러는 이유가 뭐야?"

카미엘은 그의 목덜미에 검을 겨누었다.

척!

"세상은 공평하다. 네놈 때문에 평화롭게 살던 죄 없는 시민들이 죽을 수는 없는 노릇 아닌가?"

"…고작 그런 뜨뜻미지근한 이유 때문에 나를 저지하겠다?"

"그렇다면 반대로 너에게 묻겠다. 굳이 저 사람들을 죽여야 하는 이유가 뭔가? 또한 네가 죽인 사람들이 죽어야 했던 이유는 뭔가?"

그는 실소를 흘렸다.

"후후, 미친놈이군. 이 세상이 공평하다고 생각하나? 세상은 공평하지 않아. 불공평하기에 돌아갈 수 있는 세상이다. 잘난 놈이 있고 그놈이 못난 놈을 거느리고 부려먹기 때문에 이 세상이 돌아가는 것이다."

"제대로 맛이 갔군."

카눈은 그를 바라보며 웃었다.

"큭큭큭! 죽여라! 뭐, 죽이지 않고 고문하다가 죽여도 좋다. 하지만 한 가지는 명심해라. 어차피 네놈도 이곳에선 한낱 이방인에 불과하다."

"이방인은 이방인이지. 주민등록증이 있는."

카미엘은 카눈의 목을 검으로 쳐서 바닥에 떨어뜨렸다.

퍼억!

그의 목이 떨어지자 사방에 널려 있던 아공간이 깨져 버렸다.

쨍그랑!

카미엘은 떨어진 그의 목을 혈마 블러디안에게 던져주며 말했다.

"이놈에겐 어떠한 장례식이 어울리겠어?"

—낄낄낄! 미친놈에게 무슨 장례식? 이 몸이 잡아먹어 주면 그게 장례식이지!

"네 방식대로 처리해라."

─감사한 말씀!

블러디안은 카눈을 흔적도 없이 먹어치워 버렸다.

우드드드드득!

카미엘은 이제 바닥에 널려 있는 몬스터의 심장만을 취하여 산비탈을 내려갔다.

*　　　　*　　　　*

늦은 밤, 서울 백야파의 넘버 투 서한준에게로 한 통의 전화가 걸려왔다.

보스

그는 아주 공손하게 전화를 받았다.

"예, 보스. 서한준입니다."

─놈들에 대해선 알아보았나?

"지금 수소문하는 중입니다만, 놈을 잡기가 쉽지 않군요."

─흠, 그렇다면 어쩔 수 없지. 놈을 대놓고 잡는 수밖에.

"그게 무슨 말씀이십니까?"

─지금 당장 현금으로 10억을 뽑아서 놈에게 전화를 걸어. 서울역에서 만나자고. 내가 10억을 주면 그놈이 얼굴을 드러내지 않겠나?

"하지만 그렇게 한다고 해도 놈을 사로잡을 수는 없을 겁니다. 순순히 잡혀줄 놈이 아니지 않습니까?"

─괜찮아. 대면만 할 수 있다면 군이 잡지 않아도 좋다.

서한준은 보스의 행동을 이해할 수가 없었다.

'보스께서 왜 이러시지? 무슨 생각이 있으신 건가?'

비록 여자이긴 하지만 아버지에게서 물려받은 천부적인 재능과 기질은 뭇 남성들보다 훨씬 나은 그녀이다.

서한준은 이번에도 그녀를 한번 믿어보기로 했다.

"예, 알겠습니다. 지금 당장 계좌에서 10억을 현금으로 찾아 대기하겠습니다. 놈과의 연락은 어떻게 취하면 되겠습니까?"

─전화로 단도직입적으로 전해라. 내가 직접 간다고.

"알겠습니다. 그럼 그렇게 전하겠습니다."

전화를 끊은 서한준은 부하들에게 통장을 하나 건네며 말했다.

"태성이."

"예, 형님."

"지금 당장 은행으로 달려가서 10억을 현찰로 뽑아와. 전부 현금으로 찾아와야 한다."

"10억을요?"

"VIP 계좌를 이용하면 10억을 하루 안에 찾을 수 있으니 지금 움직이면 오후까진 만들 수 있을 것이다. 어서 다녀와."

"예, 알겠습니다."

한 지점에서 10억을 만들어 현금화하는 것은 생각보다 꽤 긴 시간이 걸리기 때문에 일찍 움직이지 않으면 늦을지도 모른다.

그는 일찌감치 부하를 은행으로 보내놓고 넙치파의 보스 김광수에게 전화를 걸었다.

"어이, 광수. 나다. 한준이."

─이야! 이게 누구야? 우리 잘나가시는 서 사장께서 어쩐 일이십니까?

"…용건만 간단히 하겠다. 보스께서 너를 보자고 하신다."

─너희 누나가 나를 보재?

서한준은 욕지거리가 턱밑까지 차올랐으나 그것을 간신히 가라앉혔다.

"10억이다. 일단 현금으로 10억을 받은 후에 나머지는 계좌로 받아라. 그게 보스의 전언이다."

─으음, 그러니까 10억 주고 내 얼굴 한번 보시겠다?

"다른 뜻은 없다. 얼굴을 보고 할 말이 있다."

─그래, 좋다. 어차피 너희들이 내 면상을 직접 본다고 해서 뭘 어쩔 재목은 아니니.

"…내일 오후 다섯 시까지 서울역으로 나와라."

─오케이! 얘들아! 백야파 보스 누나가 우리 술 사먹으라고 10억씩이나 주신단다!

─와아아아! 그 누님, 섹시하기만 한 줄 알았더니 화끈하기까지 하군!

─내일 술상무는 그럼 그 누님이 봐주시는 겁니까?

─낄낄낄, 그럼 좋고 아니면 말고!

그는 더 이상 들어줄 수가 없어서 전화를 끊어버렸다.

딸깍.

서한준은 이를 악물었다.

빠드드드득!

"…도대체 형님께선 무슨 생각으로 이러시는 건가?"

이러다 혈압이 폭발해서 죽을 것 같아 도저히 견딜 수 없는 서한준이다.

"술이나 한잔하러 가자."

"예, 형님!"

그는 자신이 운영하는 술집으로 자리를 옮겼다.

*   *   *

다음 날, 서울역에 돈 가방을 든 정태린이 등장했다.

드륵, 드륵.

여행 가방에 5만 원 권을 가득 채운 그녀는 마치 딱딱하게 굳은 동상처럼 서 있었다.

하염없이 누군가를 기다리고 서 있던 정태린에게 검은색 마스크를 쓴 남자가 다가왔다.

"백야파 보스 누님?"

"누구냐?"

"에이, 섭섭하게 왜 이래? 우리끼리 내외하는 거야?"

그녀는 고개를 가로저었다.

"얼굴도 안 보고 돈을 줄 수는 없지. 얼굴을 보자. 네 얼굴을 확인해야 돈을 줄 것이다."

"…거참, 까다롭게 구시네. 좋아, 그럼 함께 나가지."

"그러지."

정태린이 트렁크를 끌고 서울역 밖으로 나가보니 검은색 밴한 대가 서 있다.

"저 차인가?"

"오오, 눈썰미가 좋은데?"

"저 안에 네 동료들이 타고 있겠군?"

"어때? 차에서 진하게 데이트 한번 할까?"

"나쁠 것 없지."

"큭큭! 역시 화끈해서 좋아! 이래서 조직의 보스는 여자가되어야 한다니까!"

그녀는 순순히 김광수를 따라서 승합차로 들어갔다.

드르르륵!

승합차 안에는 세 명의 사내가 타고 있었는데, 모두 눈가에광기가 가득했다.

"오오! 진짜 왔네?!"

"우리 태린이 누님, 내가 한번……."

"시끄러워. 찬물도 위아래가 있는 법, 내가 먼저다!"

김광수는 세 사람의 입을 닫게 했다.

"…그만. 이제 좀 진지해지자."

"큭, 알겠어."

그녀는 김광수에게 돈 가방을 건넸다.

"자, 받아라."

"후후, 우리 누님이 이 동생 얼굴을 보겠다고 10억이나 준비하셨는데 당연히 보여드려야지."

잠시 후, 그가 마스크를 벗었다.

마스크를 벗은 그는 날카롭고 섬뜩한 눈빛으로 그녀를 바라보았다.

"자, 됐지? 실컷 봐. 마음껏 보라고."

"큭큭, 형님, 혹시 누님이 형님에게 관심이 있는 것은 아닐까요?"

"후우! 그럼 좋지! 나는 이런 스타일에 환장하거든! 화끈하게 조일 것 같은 스릴? 뭐, 그런 것 있잖아."

"우리 형님과 아주 찰떡궁합이겠군!"

그녀는 김광수의 얼굴에 손을 가져다 댔다.

스윽.

"나중에 시간되면 영화나 볼까?"

"……."

"싫어?"

"왜 이래, 적응 안 되게?"

"적응하라고 하는 거 아니야. 그냥 내가 하고 싶어서 하는 거지."

그녀의 몸에서 발산되는 색기는 살인마마저도 화끈거리게 만들 정도로 끈적끈적했다.

하지만 그녀는 여운만을 남기고 차에서 내렸다.

드르륵!

"어, 어어……."

"이만 간다. 또 보자."

세 사람이 그녀를 붙잡으려 했으나 김광수가 그들을 만류하였다.

"그만, 잡지 마라."

"지금 잡으면 노다지인데?"

"그래도 안 된다. 지금 잡으면 우리가 불리하다. 이곳은 서울역 앞이고 백야파의 구역이기도 해."

"끄응……."

"가자."

그는 멀어지는 정태린을 바라보며 불안한 눈빛을 했다.

'저년이 보통 년이 아닌데 왜 이렇게 호구 같은 짓을……?'

아무리 머리를 굴려도 이해가 되지 않는 상황이다. 하지만 돈을 받긴 했으니 기뻐해야 할 일은 분명했다.

"술이나 옴팡지게 빨자!"

"좋지!"

네 사람은 차를 몰아 인천으로 향했다.

*　　　　*　　　　*

이승리 방장산 산비탈에 영혼 억제기가 한창 돌아가고 있다.

우우우웅!

발록은 고개를 가로저었다.

―없어. 아무래도 그런 놈은 이곳에 없는 것 같아. 억제기 안을 좀 봐. 죄다 평범하고 그저 그런 놈들 뿐이지.

"흠, 이상하군. 도대체 왜 영혼을 찾을 수가 없는 것일까?"

대부분의 영혼은 사망한 지 1년이 지나지 않고선 그 자리를 계속 맴돌게 되어 있다.

영혼은 자신이 죽었다는 사실을 인지하는 데 생각보다 시간이 오래 걸리기 때문에 빨라봐야 10개월쯤은 그 자리에 머무는 것이 정상이었다.

―놈의 영혼이 없거나 그놈이 죽지 않았거나 둘 중에 하나인 것 같군.

"하지만 블러디안이 확실히 처리했다. 내가 목을 베어 놈에게 먹이로 주었고."

―이 세상에는 미스터리한 일이 많아.

"흠……."

카미엘은 소환술사 카눈의 영혼을 억제기 안에 가두어두고 아공간의 비밀을 푸는 데 활용하려 했다.

하지만 그의 영혼을 찾을 수가 없으니 어쩔 수 없이 포기하는 수밖에 없었다.

"하여간 예사로운 놈이 아니다. 그놈, 보통이 아니야."

―그래 보이더군.

발록은 카미엘에게 리나에 대해 물었다.

―그나저나 그 돌연변이 년은 어때? 믿을 만한가?

"적어도 배신은 하지 않을 것 같더군."

—그걸 어떻게 믿나? 몬스터는 몰라도 사람은 사람을 배신한다.

"…뼈아픈 소리군."

몬스터는 사람을 잡아먹긴 해도 뒤통수를 치는 일은 없었다.

이 세상에서 거짓말을 할 수 있는 생명체는 아마 인간이 유일할 것이다.

—변신술사라니, 겉모습을 거듭 바꾼다는 것은 인생 자체가 거짓이라는 소리다.

"다양한 삶을 살아가는 사람일 수도 있지."

—홋, 어울리지 않게 사람을 잘 믿는단 말이야.

"이 각박한 세상에 그런 믿음이라도 없으면 어떻게 살겠나?"

—하긴.

유페리우스 대륙에는 상대방의 피와 살을 취하여 그 능력을 흡수하는 변신술사들이 존재했다.

변신술사는 상대방의 얼굴과 피를 기억해 두었다가 그와 똑같은 형상으로 변신하고 상대방의 능력을 그대로 복제할 수 있었다.

다만 술자의 눈썰미에 따라 겉모습이 결정되기 때문에 지문이나 홍채와 같은 중요 부위는 똑같이 재현해 낼 수가 없었다.

발록은 이제 더 이상의 수집은 무의미하다고 종용했다.

—이곳에서 위인전기를 쓸 것이 아니라면 그만 내려가자. 더 이상은 시간 낭비다.

　"그래, 내 생각도 그렇다."

　카미엘은 이제 영혼 억제기의 가동을 멈추고 하산하기로 했다.

제5장

심판

한겨울에 빗줄기가 줄기차게 내리고 있다.

솨아아아아아!

어지간해선 기온이 잘 떨어지지 않는 요즘 비가 내린다는 것은 상당히 드문 일이었다.

오밤중의 강남경찰서로 한 남자가 비를 뚫고 걸어왔다.

저벅저벅.

그는 검은색 정장을 입고 얼굴에는 검은색 마스크를 쓰고 있었다.

남자는 강남서 강력계의 철문을 열었다.

끼익!

그러자 한창 조서를 꾸미고 있던 형사들의 고개가 그쪽으로 돌아갔다.

"무슨 일이십니까?"

"아, 예……."

조금 망설이는 듯 우물쭈물하던 그가 형사에게 다가갔다.

"저기……."

"말씀하세요. 이곳은 경찰서이니 편안하게 말씀하셔도 됩니다."

"제가 자수를 좀 하고 싶은데요."

"자수요?"

순간 그가 마스크를 벗자 형사들이 아연실색하였다.

"허, 허억!"

"김광수?!"

"…자수를 하고 싶습니다. 나중에 정상참작 되지요?"

"무, 물론이지요."

그는 아무 자리에나 가서 앉으며 물었다.

"여기 앉으면 됩니까?"

"아, 예."

그가 자리에 앉자 연락을 받은 1팀장이 달려 내려왔다.

"누, 누가 왔다고?!"

"예, 팀장님. 김광수가 자수를 했습니다."

"…그게 말이 되는 얘기야?!"

그는 믿을 수 없다는 표정으로 김광수를 바라보았다.

순간 그는 복잡한 심경에 사로잡혔다.

"진짜 김광수네."

"왜요? 자수하면 안 됩니까? 경찰들의 일손을 덜어주었는데 그것도 죄라고 하실 건가요?"

"뭐, 그런 것은 아니지만 좀 의외라서 말이야."

"어서 조서 꾸미시죠. 할 말이 참 많습니다. 이 정도 풀어놓으면 경찰이 아니라 검찰이 나서서 사건을 해결하겠죠."

김인석 경감은 형사들을 모두 내보냈다.

"잠깐 나가 있어."

"예, 팀장님."

그를 마주 보며 앉은 김인석이 웃으며 말했다.

"하하, 이것 참, 우리끼리 있으니 터놓고 얘기하자고. 왜 그래? 갑자기 이러는 이유가 뭐야?"

"무슨 말씀이십니까?"

"…그러니까, 돈도 받고 말까지 다 맞춰놓고 이제 와서 왜 자수를 하느냐고. 얘기가 너무 다르니까 내가 당황스럽잖아."

김광수는 슬그머니 미소를 지었다.

"받은 돈이 모자라서요."

"모자라다니?"

"고작 몇 푼 받고 내 인생 저당 잡힐 수는 없잖아요?"

"저당은 무슨 저당이야? 우리가 책임지고 외국으로 빼주겠다고 약속했잖아. 그런데 갑자기 이제 와서 이러면 나더러 뭘 어쩌라는 건데?"

"팀장님 곤란하게 만들고자 이런 것은 아닌데, 본의 아니게

실례가 컸군요."

김인석은 그제야 가슴을 쓸어내렸다.

"휴우, 그래, 다 같이 먹고살자고 하는 짓인데 좀 봐줘라. 딸린 식구들도 있잖아. 아까 못 봤어? 이제 막 들어온 순경도 있다고. 그러니……."

"그럼 다른 경찰서로 가지요. 아니, 검찰청으로 찾아가야 하나?"

순간, 김인석의 표정이 처참하게 일그러졌다.

"뭐야?! 이 새끼가 정말……!"

"이봐요, 팀장님. 범인이 자진 출두해서 자수하겠다는데 왜 이러시는 겁니까? 이게 그렇게도 잘못된 겁니까?"

"이 새끼가 진짜 누굴 개 호구로 보나?! 이런 건달 새끼를 그냥!"

바로 그때, 강력계의 철문이 열리며 이영훈 팀장이 들어왔다.

쿵!

그는 휠체어를 타고 있었는데, 그 뒤에는 정신병원 병동에 있는 것으로 알려진 성혜민이 서 있었다.

"경찰에 신고하려고 왔습니다. 제가 살인 교사를 받아 죽을 뻔했습니다. 그래서 신고 좀 하려고요."

"……."

"이봐요, 제가 죽을 뻔했다고요. 신문에도 나왔잖아요? 사고 후에 실종되었다고. 그런 제가 살아 돌아왔습니다."

김인석은 도무지 이 상황을 어떻게 해야 할지 감을 잡을 수가 없었다.

"이, 일단 오늘은……."

"일단 뭐요?"

"오늘은 시국이 좋지 않으니 내일 다시 얘기합시다. 다들 집으로 돌아가요."

순간, 경찰서의 문이 다시 한 번 열렸다.

"뭘 내일 얘기합니까?"

"바, 박 검사님!"

"듣자 하니 너무하는군. 내 동기를 이렇게 막대해도 되는 겁니까? 그것도 무려 피해자 신분인데 말이죠."

그동안 김인석은 이영훈이 변호사라는 것을 까맣게 잊고 있었다.

그는 다른 변호사들과 같이 사법 연수원에서 교육을 받고 나왔고, 무려 검찰 중앙수사부 출신에 생각보다 인맥도 넓었다.

그런 그가 지금까지 단 한 번도 검찰을 끌어들이지 않은 것은 나름대로의 이유가 있었던 것이다.

그는 제대로 된 한 방을 칠 수 있을 때까지 기다리고 있던 것이다.

"자, 그럼 다시 시작해 봅시다. 형사들 모두 들어오라고 하세요. 수사를 시작해야지요?"

"…예, 알겠습니다."

이제 중수부 박중찬 검사까지 가세하였으니 더 이상 피할 곳은 없었다.

앞으로의 일은 신이 결정하는 대로 흘러갈 것이다.

'내 손을 떠났다. 이젠 내가 어쩔 수 있는 선을 넘었어.'

그는 형사들을 모두 불러들여 사건을 조사하기 시작하였다.

*   *   *

다음 날, 경찰서로 엄청난 인파가 몰려들었다.

찰칵찰칵!

"형사님, 강남 묻지 마 상해 사건의 피의자가 자수했다고 들었습니다! 한 말씀만 해주시죠!"

"할 말 없습니다! 지금은 피의자 조사 중이니 나가주세요! 다들 나가주세요!"

"이봐요, 범인! 한 말씀만 해주세요!"

자리에서 앉아 있던 범인이 마스크를 벗고 돌연 소리쳤다.

"그래요! 내가 그랬습니다! 내가 사람 얼굴을 칼로 긋고 찌르고, 목덜미까지 그어버렸어요!"

"오오! 찍어! 찍으란 말이야!"

기자들은 돌연 양심 고백을 하는 그를 카메라에 고스란히 담고 일부는 그것을 영상으로 저장하였다.

경찰들은 그가 갑자기 이런 말도 안 되는 행동을 할 줄은 꿈에도 몰랐기에 당혹감을 감출 수 없었다.

"제기랄! 막아! 얼굴을 막으란 말이야!"

"내가 죽였습니다! 아니, 내가 죽일 뻔했습니다! 그녀를 정신적으로 괴롭히기 위해 애드벌룬까지 탔습니다! 내가 죽일 놈입니다!"

"애드벌룬?! 그건 또 뭐야?!"

형사들은 기자들을 전력을 다해 밀어냈다.

"좀 나가요! 자꾸 이러면 진짜 총으로 쏴버리는 수가 있어요!"

"거참, 몇 마디만 더 들읍시다! 이봐요, 이름이 뭐예요?!"

"나는 김광수입니다! 인천 넙치파의 보스 김광수입니다! 나는 이제부터 착하게 살기로 했어요! 누가 배후이고 누가 지시한 것인지 다 밝힐 것이란 말입니다!"

배후를 밝힌다는 소리에 한 기자가 마이크를 집어 던졌다.

휘릭!

"자, 말해요! 배후가 누구입니까?!"

"허, 허억! 마이크 빼앗아! 빨리!"

경찰들은 기자의 마이크를 뺏으려 달려들었지만, 김광수는 그것을 이리저리 피하며 소리쳤다.

"태영그룹 성대홍 부회장입니다! 그에게 돈을 받은 증거가 전부 나에게 있습니다! 그가 살인을 교사했습니다! 아니, 한 여자를 파멸로 몰아가도록 지시했습니다!"

"허어! 그런 말도 안 되는 일이!"

"뭐야? 그럼 조카를 죽이려고 일부러 조폭까지 동원한 거야?!"

"이것 참 막장이군!"

"찍어! 어서 찍으라고!"

기자들이 고전하고 있을 무렵, 의경들이 몰려와 기자들을 끌어냈다.

"나가세요!"

"이봐요! 한 마디만 더 해줘요!"

"성대홍과 그 일당은 서로 손잡고 비자금을 조성하기 위해 혈안이 되어 있습니다! 정치권의 검은 흑막들, 그들과 성대홍을 함께 처단해야 그녀가 삽니다!"

"나가요!"

약 10분 만에 사태가 진정되기는 했지만 이미 매스컴은 이 사건을 녹음기와 영상에 고스란히 담은 상태였다.

이제 사건은 누가 뭐라고 하든 간에 걷잡을 수 없는 지경으로 번지고 말았다.

형사들은 착잡한 표정으로 읊조렸다.

"이런 씨발."

"형사님들, 왜 이러십니까? 범인을 잡았으니 춤이라도 춰야 하는 것 아닙니까?"

"…시끄러워!"

형사들은 다시 자리에 앉아 그를 심문하기 시작했다.

*　　　　*　　　　*

같은 시각, 뉴스와 인터넷에서 난리가 났을 무렵 넙치파에서도 난리가 났다.

지금 보스가 뉴스에 나와 자신의 배후를 까발리고 난리브루스를 추고 있는데, 하도 기가 막혀서 말도 제대로 나오지 않을 지경이었다.

넙치파는 보스 김광수와 그 친구 두 명, 그리고 후배 한 명이 모여서 조직한 폭력배이다.

그 휘하로는 50명쯤 되는 부하들이 있고 돈이 되는 일이라면 물불 안 가리고 뛰어드는 막무가내 바다 사내들이다.

그러나 아무리 넙치파가 통제 불능의 마구잡이식 조폭이라고 해도 해야 될 일과 하지 말아야 될 일을 구분할 줄은 알았다.

"…니미럴! 이게 도대체 뭔 일이야?! 형님이 이젠 진짜 정신이 나갔나?"

"시끄럽다! 형님께서 뭔가 생각이 있어서 저러시는 거겠지."

"하지만 저렇게 행동했다간 우리 모두 다 죽습니다! 그 성질머리 더러운 성가 새끼가 가만히 있겠습니까?!"

현재 네 명의 수뇌부는 경찰의 수사망을 피해 도망 다니는 신세였기에 사태를 수습할 어떠한 비책도 내놓을 수 없었다.

만약 태영그룹에서 압박을 해온다면 넙치파는 이대로 와해될 가능성이 높았다.

그런 그들의 불안감은 점점 더 커져서 스스로 사태를 해결하자는 소리까지 나왔다.

"…우리, 이 사태를 돌파해야 합니다! 어서요!"

"하지만 뭘 어쩌자는 거냐? 그렇다고 조직을 버리고 도망이라도 가자는 소리냐?"

"그렇지 않으면 우리는 다 죽습니다! 다 죽으면 조직이 무슨 소용입니까?!"

"맞습니다, 형님! 차라리 한발 물러나서 추이를 지켜보는 것이 좋을 겁니다."

보스 대리로 조직을 관리하고 있는 류홍기는 이제 결단을 할 때가 왔다고 생각했다.

"제기랄!"

"형님, 결단을 해야 합니다!"

"좋아, 그럼 일단 일본으로 건너가서 추이를 지켜보는 것으로 하자."

"예, 알겠습니다!"

인천에서 배를 타면 하루 안에 일본으로 갈 수 있으니 도망을 치려면 지금 치는 것이 가장 현명했다.

하지만 그들이 도망치기도 전에 성대홍이 먼저 움직였다.

콰앙!

넙치파의 아지트인 사무실로 건달들이 우르르 쏟아져 들어왔다.

"뭐, 뭐야?!"

"쳐라!"

"죽어라!"

쇠파이프를 든 용역 깡패들이 넙치파를 개 패듯이 두들겨 팼고, 그들은 속수무책으로 그 자리에 무릎을 꿇고 말았다.

워낙 많은 숫자의 용역 깡패들이 몰려들어서 힘 한번 제대로 써보지 못하고 끝을 맺은 것이다.

만약 이럴 때 조직의 수뇌부가 있었다면 사태가 좀 나았을지도 모르지만 지금은 알맹이는 없고 겉껍데기만 있는 상태였다.

류홍기는 이제 자신들은 끝이라고 생각했다.

'이대로 죽겠구나.'

바닥에 쓰러져 있는 그에게로 성대홍의 해결사이자 수행비서가 다가와 발을 날렸다.

퍼억!

"크허억!"

발로 머리를 후려 맞은 류홍기가 저만치 나가떨어졌다.

촤락!

사방으로 류홍기의 치아와 살점이 튀어 보는 이의 눈살이 저절로 찌푸려졌다.

그는 쓰러진 류홍기에게 다가가 물었다.

"감히 주인을 물어? 그러고도 살아남기를 바라나?"

"우, 우리는 모르는 일이다!"

"네 보스가 지금 TV에 나와서 하는 말 못 들었나? 저 미친놈이 나불거리는 바람에 일이 틀어졌다. 어떻게 책임질 건가?"

"나, 난……."

"어찌 되었든 간에 누군가는 책임을 져야 해. 일단 손목부터 받고 시작하지."

"자, 잠깐! 나, 나는……."

퍽!

도끼가 그의 손목을 찍어 사방으로 피가 분수처럼 튀었다.

푸하아아악!

"끄아악, 끄아아아악!"

"다리도 쳐라. 어차피 있어봐야 소용도 없잖아?"

"사, 살려……."

퍽퍽퍽!

그의 오른쪽 허벅지가 도끼에 잘려 나가자 그는 고통을 이기지 못하고 그 자리에서 기절해 버렸다.

"꼬르르륵……."

"끌고 가라. 적당한 곳에 갖다 버려."

"예, 알겠습니다."

그는 이제 가장 중요한 조직의 수뇌부를 찾아가기로 한다.

"놈을 찾는다."

"예!"

용역 깡패들은 현장을 대충 정리한 후 곧바로 전국으로 흩어져 갔다.

*　　　*　　　*

김광수가 내뱉은 충격적인 발언은 인터넷과 방송 매체를 통하여 삽시간에 전국으로 퍼져 나갔다.

또한 중국, 일본, 미국 등 외신들도 이번 사건을 집중적으로 다루며 한국의 재계에 대해 비판의 목소리를 높였다.

한마디로 이제 성대홍은 사면초가에 몰렸다는 소리다.

늦은 밤, 대전의 한 모텔 방에서 TV 뉴스가 흘러나오고 있다.

―충격적인 얘기가 아닐 수 없습니다. 암흑가와 재계의 유착 관계가 사실로 드러나면서 특검을 조직하여 제2의 범죄와의 전쟁을 선포해야 한다는 주장까지 나오고 있습니다. 시민들은 조폭의 횡포가 더 심해지기 전에 막아야 한다면서 사태 해결을 촉구하고 나섰습니다. MBCS 뉴스 박철웅입니다.

김광수는 자신의 사진이 세간을 떠들썩하게 만든다는 사실에 할 말을 잃었다.

"…도대체 뭐야? 어떤 개자식이 내 행세를 하고 다니는 거야?"

"형님, 저놈은 왜 저런 짓을 벌이는 걸까요?"

그는 단 한 가지 가설을 세웠다.

"주영민, 주영민이 그 개자식이 꾸민 일이겠지. 나와 비슷한 놈을 데려다가 앉혀놓고 낚시질을 하고 있는 거야. 제기랄, 이대로 시간이 더 흐른다면 성대홍의 검찰 조사는 불가피하다. 이제는 내가 나서지 않으면 사건을 진정시킬 수가 없어졌어."

"하지만 어느 쪽으로 가든 형님은 다치게 될 겁니다. 잘못하면 죽을 수도 있어요."

"이런 씨발."

저절로 욕지거리나 튀어나온 김광수다.

"제기랄."

"선택을 잘하셔야 합니다. 잘못하면 우리 모두 다 죽습니다."

"목숨도 문제지만 우리가 지금까지 쌓아온 모든 것이 무너진다. 사시미 들고 설쳐가면서 사람까지 죽이고 다녔는데 이대로 죽으면 너무 억울하지 않겠냐?"

"하지만 방법이 없잖습니까?"

김광수는 갈림길에 서 있었다.

경찰서로 가서 진실 공방을 벌인 뒤 살인 교사에 대한 혐의만 부인하게 되면 수사에 혼선을 줄 수 있을 것이다.

그런 후 다른 사건들에 대한 사실을 터뜨려 현재의 사건들을 무마시킨다면 목숨만은 건질 수 있을지도 모른다.

그렇게 된다면 조직도 살고 자신도 목숨은 건지겠으나 죽을 때까지 감옥에서 나오기 힘들 것이다.

만약 이 방법이 마음에 들지 않는다면 모든 것을 버리고 도망치는 방법이 있다.

하지만 그렇게 된다면 평생 죽을 때까지 한국에 들어오지 못한 채 도망만 치다가 결국 객사하게 될 것이다.

어떤 식으로든 그의 말로는 그리 좋지 못할 것이다.

'이러나저러나 죽는 것은 매한가지군.'

그는 용의 꼬리가 아니라 뱀의 대가리가 되기 위해서 지금껏 살인마로 살아왔다.

그는 감옥에서 팔순 잔치를 하는 한이 있더라도 자존심을 버릴 수는 없었다.

"내가 경찰서로 가겠다."

"형님께서 가시면 다 끝장입니다!"

"최소한 조직은 살겠지. 죽을 때 죽더라도 이렇게 치졸하게 죽고 싶지는 않다."

"휴우, 알겠습니다. 그럼 저희들은 어떻게 하고 있으면 되겠습니까?"

"움직이지 말고 일단 외국으로 나가 있어라. 그리고 추후 조직을 재건하기 위해 한국으로 돌아오면 된다."

"예, 알겠습니다."

김광수는 결연한 표정으로 경찰서로 향했다.

*   *   *

강남경찰서로 가는 길, 김광수는 택시를 이용하기로 했다.

"강남서로 갑시다."

"예, 강남서요!"

축 늘어진 김광수는 창 너머로 고개를 돌렸다.

부아아앙!

스쳐 지나가는 풍경이 오늘따라 그를 더욱 심란하게 만들었다.

'차라리 풍경이 조금만 늦게 지나갔으면 좋겠군.'

생각 같아선 지금이라도 돌아서 도망치고 싶었으나 그의 자존심이 허락하지 않았다.

다소 심란한 마음을 안고 있던 그는 불현듯 차를 세우는 택시 기사에게로 시선을 향했다.

끼긱!

"뭐요? 가라는 길은 안 가고 왜 차를 세우는 거요?"

"하하, 이것 참, 제가 원래 예약 손님이 있었는데 깜빡하고 손님을 태웠지 뭡니까? 괜찮으시다면 합승하고 가시지요. 돈은 받지 않겠습니다. 어차피 그분도 강남서 인근으로 가신다고 했으니 저나 손님이나 둘 다 손해는 아니지 않겠습니까?"

평소 같았으면 당장 내려서 무슨 사고라도 쳤을 텐데 오늘만큼은 그러고 싶지가 않았다.

"…뭐, 그럽시다. 바쁜 사람들끼리 그럴 수도 있지."

"대단히 고맙습니다!"

잠시 후, 상당히 육감적인 몸매의 여자가 뒷좌석 문을 열었다.

철컥!

"이봐요, 안으로 조금만 들어가 줘요."

"……."

김광수는 그녀가 말한 대로 조금 더 안쪽으로 들어갔다. 그러나 그녀는 어쩐지 계속 몸부림을 쳐댔다.

"으음, 좋아요!"

"…뭐 어쩌라는 거요? 이 정도면 많이 양보한 거지."

"내가 먼저 예약했는데 왜 당신이 이곳에 앉아 있어요? 앞좌석으로 가세요."

"싫다면?"

"흥! 그럼 법적으로 하죠! 법 좋아해요?"

그는 하도 어이가 없어서 너털웃음을 터뜨렸다.

"하하하! 이것 참 참신한 또라이군. 이봐, 택시는 내가 먼저 탔어. 저 기사가 어리바리해서 사람을 잘못 태운 것뿐이지 내 잘못은 아니라고."

"그거야 내 알 바 아니고, 어서 비켜요. 난 뒷좌석 아니면 타지 못한단 말이에요. 멀미가 심해서요."

"멀미가 심하면 걸어 다니든지 뛰어다니든지, 그것도 아니면 돌아다니지를 말든가."

"어머나, 무슨 남자가 이렇게 매너가 없어?"

"……."

"흥! 됐어요! 내가 내릴게요. 평생 늙어 죽을 때까지 혼자 살아라! 메롱!"

그녀는 차에서 내려 자신의 갈 길을 갔고, 김광수는 초인적인 인내심으로 화를 삭였다.

'…평소 같았으면 뼈도 못 추렸을 것이다.'

김광수는 자신의 앞길을 막는 사람이나 이윤을 추구하는 데 걸림돌이 되는 사람은 가차 없이 쳐내는 스타일이었다.

아무리 사소한 일이라도 자신에게 반하는 자가 있다면 용서
란 있을 수 없었다.

다만 지금과 같은 시국에서 똥오줌 못 가릴 정도로 분별력이
없지는 않았다.

"…갑시다."

"아, 예!"

기사가 다시 핸들을 돌렸다.

부르릉!

바로 그때였다.

좀 전에 택시에서 내린 여자가 되돌아와 앞길을 막았다.

끼긱!

"…젠장! 저 여자가 정말 미쳐서 머리가 어떻게 되었나?!"

결국 김광수는 택시에서 내려 그녀에게로 다가갔다.

"이봐, 당신 미쳤어? 죽고 싶거든 곱게 죽어! 괜한 사람 앞길
이나 막지 말고!"

"흥! 나도 당하고는 못 살지!"

순간, 그녀가 가방에서 뜨거운 인두를 꺼내어 그의 복부를
찔렀다.

치이이이익!

"크윽!"

손이 어찌나 빠른지 김광수는 순식간에 인두로 복부를 찔리
고 말았다.

하지만 아직 깊이 들어가지는 않아서 어떻게든 빠져나가면

승산은 있을 것 같았다.

"빌어먹을!"

그러나 이상하게도 그녀의 공격에는 빈틈이 없었다.

뒤로 물러나려니 택시가 가로막고 있고 옆으로 돌아서 나가려니 인두가 배를 찢어놓을 것 같았다.

'이년, 보통이 아닌데?'

이 바닥에서 산전수전 다 겪은 김광수가 이깟 인두질 하나 피하지 못한다는 것은 말도 안 되는 일이었다. 하지만 지금 그의 앞에 선 수상한 그녀는 그것을 가능케 했다.

결국 그는 어쩔 수 없이 자신의 손을 희생하기로 했다.

치이이이익!

"끄으으윽!"

손이 인두에 타면서 살 익는 냄새가 사방에 진동하였다.

화상으로 인해 정신이 혼미해져 왔지만 그는 초인적인 인내심으로 인두를 빼앗았다.

"허억, 허억! 이런 빌어먹을! 죽여 버린다!"

"사람 살려!"

겁을 잔뜩 먹은 그녀는 결국 삼십육계 줄행랑을 놓았다.

"미안해요!"

"…사람 죽일 뻔해놓고 미안하다면 끝인가? 제기랄!"

열은 받지만 지금은 저 여자를 따라갈 상황이 아니었다.

"두고 보자."

그는 다시 택시에 올라탔다.

"강남서로 갑시다."

"소, 손님, 손이……."

그제야 정신이 돌아온 김광수는 한숨을 푹 내쉬었다.

"제기랄, 손이 다 타서 지문이 없어져 버렸네."

"그대로 내버려 두면 손이 남아나지 않겠어요. 경찰서보다는 병원을 먼저 가셔야 할 것 같은데요?"

"젠장, 그럼 어쩔 수 없지. 병원으로 갑시다."

"네, 알겠습니다."

택시 기사는 이곳에서 가장 가까운 병원으로 향했다.

*　　　　*　　　　*

강남 한철병원 응급실 안.

손에 거즈와 붕대를 감은 김광수가 간호사에게 퇴원 약과 주의 사항에 대해 전해 듣고 있다.

"약은 하루에 세 번 꼬박꼬박 챙겨 드시고 삼 일 후에 소독하러 오세요."

"알겠습니다."

"참, 입원하시면 좋겠는데 정말 안 되시겠어요?"

"…됐습니다. 이깟 화상으로 입원하는 사람이 어디 있습니까?"

"안 되는데. 정말 큰일 나요."

그는 자리를 박차고 일어섰다.

"설마하니 손목 자를 일 있겠습니까?"

"뭐, 그렇지는 않지만……."

"이 정도는 참을 만해요. 그럼 저는 이만……."

이미 손 전체에 물집이 잡혀 살가죽이 한 꺼풀 벗겨진 상태라서 입원 치료가 필요한 상황이었다.

가뜩이나 사람이 가장 많이 사용하는 신체 부위가 저 지경으로 짓물러 버렸으니 병원에서도 적지 않게 놀랐다.

그러나 그는 자신이 해야 할 일이 있으면 무조건 해야만 직성이 풀리는 사람이었다.

그는 다시 택시를 타고 강남서로 향했다.

그날 밤, 강남경찰서에 때 아닌 난리가 벌어졌다.

쾅!

"바로 내가 김광수요!"

"…저 새끼는 또 뭐야?"

"지금 저 새끼가 나를 사칭해서 죄를 뒤집어쓰려고 쇼를 하고 있는 거라고!"

"뭐, 뭐라?"

한창 조사를 받고 있던 자칭 김광수가 고개를 돌렸다.

"뭐지? 미친놈인가?"

"미친놈은 네놈이지! 도대체 세상 어떤 또라이 자식이 스스로 범죄자가 되겠다고 나서나? 돈을 받아 처먹었나?"

자칭 김광수는 실소를 흘렸다.

"큭큭, 저 새끼가 진짜… 어이, 미친놈. 머리라도 다쳐서 온 거냐? 왜 있지도 않은 남의 행세는 하고 지랄이야? 내가 정상참작 되어 형량이 줄어들면 곤란한 사람이라도 있는 거야?"

"…개소리! 네놈은 가짜다!"

경찰들은 한숨을 푹 내쉬었다.

"아주 이젠 쌍으로 지랄이군."

"내가 진짜라니까!"

"개소리!"

"아아, 시끄러워!"

담당 형사는 두 사람에게 신분증을 요구하였다.

"좋아, 그럼 두 사람 모두 신분증 제시해 봐요."

"자, 여기."

두 사람은 거의 동시에 신분증을 건넸는데, 한쪽은 운전면허증을 건넸고 한쪽은 공인중개사 자격증을 내밀었다.

형사는 실소를 흘렸다.

"하, 이것 참, 도대체 뭘 어쩌라는 건지 모르겠네."

"이놈이 가짜입니다!"

"아니에요! 이놈입니다!"

"좋아, 그럼 이번엔 지문을 한번 찍어봅시다."

두 사람은 고개를 저었다.

"안 됩니다."

"뭐요?"

"제가 얼마 전에 지문이 없어졌거든요. 양잿물을 잘못 만져서……."

"요즘 세상에 양잿물을 쓰는 사람도 있어요?"

"뭐, 어쩌다 보니 그렇게 되었네요."

"거참, 별……."

이번에는 후발 주자에게 고개가 돌아갔다.

"이번에는 또 뭡니까? 손을 다쳤어요?"

"제가 손에 화상을 입어서……."

형사들은 어처구니가 없다는 듯이 웃었다.

"하하, 지금 우리랑 장난하자는 건가? 둘 다 양손에 지문 하나 없다는 것이 말이 돼요?"

"그, 그게……."

"뭐, 좋습니다. 그럼 한번 끝까지 가보자고요."

그는 밀폐 봉지를 꺼내어 두 사람에게 내밀었다.

"유전자 감식을 해봅시다. 부모, 형제, 친척이 있다면 그들의 DNA를 채취하여 대조하면 신원 확인이 되겠지요."

"…고아인데요."

"아들은?"

"없습니다."

경찰들은 사태가 심각하다는 것을 느꼈다.

"제기랄, 얼굴은 맞는데 지문과 DNA 검사가 불가능하다?"

"그럼 치과 기록으로 대조하는 것은 어떻겠습니까?"

"좋아, 그럼 그렇게 하자고."

이제 남은 것은 그가 받은 치과 기록을 통하여 본인을 증명

하는 일이었다.

"흥! 치과 기록까지 바꿔치기하지는 못하겠지!"

"내가 하고 싶은 말을 하는군."

경찰들은 고개를 절레절레 흔들었다.

"요즘 마가 끼었나."

"이번 사건 끝나면 푸닥거리라도 한바탕 해야겠군."

형사들은 의료보험공단에 그의 치과 진료 기록을 요청하였다.

제6장
클론

　며칠 후, 의료보험공단에서 김광식의 치과 기록이 날아들었다.

　형사들은 그 기록을 토대로 당시 찍은 엑스레이 사진을 찾으려 수소문하였으나 결국 실패하였다.

　그가 마지막으로 치료를 받은 당시의 사진이 보험공단에 보관되어 있지 않았고 해당 병원에서도 10년이 지나 이미 자료를 폐기한 상태였기 때문이다.

　결국 지금 당장 진짜 김광식을 가려내는 일은 불가능하다는 소리였다.

　경찰은 이 사태를 과연 어떻게 해결해야 하는지 난감했다.

　김인석 경감은 일단 그의 주변 관계부터 다시 조사하여 삼자대면을 하고 그를 토대로 진위 여부를 가리려 하였다.

하지만 이미 김광식의 죄질이 상당히 악독하다는 것이 전국으로 빠르게 퍼지면서 증언을 하겠다는 사람이 나타나지 않았다.

심지어 그의 조직원들조차 쉽게 나설 수 있는 상황이 아니어서 단시일 내에 사건이 마무리되기는 어려워 보였다.

그렇게 시간이 지나면서 냄새를 맡은 기자들이 우르르 몰려들어 마이크를 들이대기 시작했다.

찰칵찰칵!

"김 경감님, 도대체 어떻게 된 겁니까? 갑자기 자신이 김광식이라고 주장하는 사람이 나타났다네요?"

"…저도 그게 궁금합니다. 도대체 어떻게 된 건지."

"그렇다면 사건을 조사하는 일은 유야무야되는 것 아닙니까?"

"그건 아닙니다. 처음 김광식이 제출한 증거가 너무나 확실하기 때문에 진위 여부만 결정되면 바로 검찰로 송치할 생각입니다."

"하지만 처음 자신이 김광식 씨라고 주장한 사람이 가짜라면 어떻게 되는 거죠? 그럼 없는 죄가 만들어지는 것 아닙니까?"

"그럴 수도 있지요. 하지만 그 반대일 수도 있습니다. 그래서 진위 여부를 꼭 밝혀내야 하는 것이고요."

형사들은 아주 죽을 맛이었지만 기자들은 제대로 신나 있었다.

남의 고통이 자신의 기쁨인 사람이 있듯이 기자들 역시 확실한 기삿거리에 신이 나 있었다.

"에이, 그렇게 어사무사 넘기지 말고 제대로 말씀 좀 해주십시오. 누가 진짜입니까?"

"모릅니다."

"정말 몰라요?"

"그렇다고 몇 번을 말씀드립니까?"

"허어."

"아무튼 그렇게 알고 다들 돌아가세요."

김인석은 기자들을 되돌려 보낸 후 두 사람에게 물었다.

"두 사람 중에 한 명은 가짜인데, 만약 그게 사실로 판명되면 둘 중 하나는 제대로 피를 보게 되는 거야. 알겠나?"

"저, 저는 결백합니다!"

"저 역시!"

한숨을 푹 내쉰 김인석은 다시 조사에 착수하였다.

*　　　*　　　*

태영그룹 부회장 집무실 안에 두 명의 경찰이 들어와 있다.

성대홍은 김인석 경감에게 김광수에 대한 진위 여부를 물었다.

"어떤 놈이 진짜입니까?"

"제가 보기엔 첫 번째 놈이 진짜인 것 같습니다."

"그 이유는?"

"사건을 기술한 정황이나 증거들에 대한 서술이 너무나 사실적이고 명확했습니다. 본인이 아니고서는 결코 알 수 없는 부분까지 전부 다 기술되어 있었지요. 아무래도 놈이 변절한 것이 분명합니다."

"김광수가 변절하였다. 이것 참, 난감하기 이를 데 없군요."

"놈에게 뭔가 심경의 변화가 있었던 것은 아닌지 궁금합니다."

"뭐, 그건 내가 알 바 아니고… 아무튼 나머지 한 놈은 또 뭡니까?"

"김광수의 동료들이 보낸 클론이 아니겠습니까?"

"사람이 무슨 CD입니까, 복제를 해서 보내게?"

"이 세상에는 분명 똑같이 생긴 사람이 한둘쯤은 존재합니다. 성형으로 살짝 손을 봤을 수도 있고요."

"하지만 그렇다고 해서 이렇게 닮을 수는 없습니다. 뭔가……"

"조직을 이끄는 놈은 팔다리가 잘렸다던데, 지금 이 상황에서 그들이 살아남을 수 있는 방법은 그것밖에 없었을 겁니다."

"흠……"

김인석은 성대홍에게 이 사태에서 빠져나갈 수 없다는 것을 피력하였다.

"아무튼 이미 검찰에서 냄새를 맡아서 빠져나갈 수 있는 구멍이 없어요. 그러니 선택지는 단 두 개뿐입니다. 다른 사람들을 요단강으로 보내느냐, 부회장님이 죽느냐."

"다른 사람들이라면……."

"놈에게 일을 맡긴 사람이 부회장님 한 명은 아닐 것 아닙니까?"

"그렇지요."

"그렇다면 그 사람들을 이용하십시오. 설사 첫 번째 놈이 변절한 진짜라고 해도 이대로 놓아주는 방법밖에는 없습니다. 만약 죽이시려면 놈을 경찰에서 풀려나게 손을 쓴 후에 일단 풀어주십시오."

"흠……."

"아무튼 결정은 부회장님께서 하시는 것이니 저는 상황이 흐르는 대로 움직이겠습니다."

"……."

김인석이 돌아서려는데 옆의 사람이 말했다.

"그런데 말이야. 김 경감이 말한 대로라면 다칠 사람이 너무 많아지는데?"

"……?"

그에게 말을 한 사람은 강남경찰서장 한서위 총경이었다.

"국회의원이 줄줄이 딸린 일일세. 그 사람들이 영광 굴비처럼 줄줄이 엮여서 죽는다고 생각해 봐. 다칠 사람이 한둘이겠나?"

"…하고 싶은 말씀이 뭡니까?"

"차라리 이대로 사건을 끌고 가는 것이 신상에 이로울 것이라는 소리지."

순간, 성대홍이 발끈하여 일어섰다.

"뭐라? 이런 개자식이! 지금 나더러 자폭하라는 건가?!"

"어차피 혐의는 입증되었고, 이대로 검찰로 넘어가면 사건은 생각보다 잘 풀릴 수도 있어요. 감옥에 들어가더라도 기회를 봐서 광복절특사나 대통령 특사 등으로 나올 수도 있고."

"…광복절 특사 기다리다가 태영그룹 경영권 빼앗기면? 그땐 이미 늦는다고! 돈도 없고 지위도 없는 내가 살아남을 수 있을 것이라 생각하나?!"

"그렇다고 그 사람들을 치자고요?"

"당연하지!"

한서위 총경은 실소를 흘렸다.

"후후, 난 그렇게 못 합니다. 후환이 두려워서라도 그렇게는 못 하지."

"……."

"그럼 난 이만……."

한서위가 나가자 성대홍이 김인석을 바라보며 물었다.

"당신은 어떻게 할 겁니까?"

"글쎄요. 경찰 조직이라는 것이 원래 까라면 까는 곳이긴 해도 결국엔 자신의 소신대로 가는 것이거든요."

"…그래서 어떻게 하겠다는 겁니까?"

"생각을 좀 해봐야겠는데요?"

"……."

결국 성대홍은 혼자 남게 되었다.

※   ※   ※

이른 아침, 한서위 총경이 국회의원 김진태의 단골 이발소에
와 있다.

그는 정갈하게 머리를 깎고 수염을 정리한 김진태에게 USB를
하나 건넸다.

"받으시지요."

"이게 뭔가?"

"핸드폰에 꽂아서 들으시면 됩니다."

양 방향 USB를 핸드폰 충전 핀에 꽂자 녹음된 음성이 들린
다.

―그렇다고 그 사람들을 치자고요?

―당연하지!

그는 눈살을 찌푸렸다.

"이게 누구야? 성대홍 아니야?"

"예, 맞습니다."

"지금 성대홍이가 클론인가 뭔가 하는 사건을 내 쪽으로 돌
리겠다고 설치고 있는 건가?"

"유감입니다만, 그렇습니다."

김진태가 실소를 흘렸다.

"하하, 이젠 별 개 같은 새끼들이……!"

"어떻게 하면 좋겠습니까?"

"자네의 생각은 어떠한가? 어떻게 하는 편이 좋겠어?"

"둘 중 한 놈을 주연으로 세우고 조연은 잘라야지요."

"자르는 방법은?"

"치과 기록이 정확하지 않아서 입증이 불가능했습니다만, 그
건 얼마든지 만들어낼 수 있는 증거입니다."

"그래서 치과 기록을 조작해서 놈을 주연으로 끌어올리자?"

"원래 그놈이 주연이었습니다. 나중에 온 놈은 지가 주연 자
리 꿰차겠다고 설치는 놈일 뿐이고요."

김진태는 한서위의 어깨를 두드려 주었다.

"그래, 잘 알겠네. 그럼 그렇게 하지."

"예, 의원님."

"자네, 오늘 시간 괜찮으면 점심이나 함께하지. 아님 저녁에
술이나 한잔하든지. 내가 잘 아는 방석집이 있어."

"불러만 주시면 점심이든 저녁이든 못 하겠습니까?"

"하하, 그래. 화끈해서 좋군."

한서위는 고개를 숙이곤 뒷걸음질로 이발소를 나섰다.

그런 그를 바라보던 김진태가 슬며시 웃었다.

"이것 참, 돈 벌어먹기 힘들군. 개나 소나 뒤통수치겠다고 난
리니 원."

그는 다시 조용히 눈을 감고 면도를 시작했다.

*　　　　*　　　　*

나흘 후, 경찰은 김광수의 새로운 치과 기록을 발견하였다.

서울 근교의 한 치과에서 김광수의 최근 치과 기록이라며 제시한 것이 첫 번째 자칭 김광수와 일치했다.

이로써 사건은 예정대로 진행되어 검찰로 송치되었고, 두 번째 김광수는 허위 사실 유포와 증거 위조에 대한 법률 위반으로 불구속 입건되었다.

경찰서에서 풀려나긴 했지만 두 번째 김광수는 마음 편히 경찰서 밖을 나서지 못했다.

형사들이 고개를 갸웃거렸다.

"이봐요, 아무개 씨."

"……."

"안 가요?"

"내가 김광수라고 몇 번을 말합니까?"

"그래요. 알아요. 아니까 나중에 다시 얘기하자고요. 신원 확인되는 대로 연락드릴 테니까 그때 다시 봅시다."

그는 한숨을 내쉬었다.

"후우……."

어쩔 수 없이 경찰서에서 나와 정문을 빠져나가는 그의 발걸음이 상당히 무거워 보인다.

하지만 그런 그의 무거운 발걸음이 서서히 빨라지기 시작했다.

부아아아앙!

검은색 승합차 한 대가 그를 향해 돌진하기 시작한 것이다.

"이런 씨발!"

본능적으로 자신을 향한다는 것을 직감한 그는 전력을 다해 내달리긴 했지만 자동차를 따라갈 수는 없었다.

결국 그는 갑자기 인도로 뛰어든 차량에 뒤를 밟히고 말았다.

퍼억!

"크허억!"

승합차는 그 즉시 문을 열어 김광수를 잡아 끌어당겼다.

"으허어……."

"가자."

"예!"

김광수는 서서히 흐려지는 의식을 다잡으려 애썼다.

'이런 제기랄!'

하지만 그는 결국 정신을 잃고 말았다.

＊   ＊   ＊

김광수의 혐의가 입증되고 그의 공판 일이 잡히자 검찰은 발 빠르게 성대홍을 체포하여 검찰청으로 끌고 왔다.

검찰이 성대홍을 심문하기로 하자마자 익명의 제보가 쏟아져 그의 혐의를 뒷받침하는 증거가 속속들이 채택되었다.

이로써 성대홍은 검찰에 구금되어 구치소를 거쳐 법원으로 가는 절차를 밟게 될 것이 자명해졌다.

대검 중수부 박중찬은 성대홍에게 김광수와의 삼자대면을 준비하였다.

그는 두 사람을 중앙수사부 조사실에 넣어놓고 삼자대면을 할 수 있도록 하였다.

박중찬은 두 사람에게 각각 담배 한 갑씩을 건넸다.

"자, 그럼 편안히 담배 한 대 피우면서 얘기 나눕시다. 어때요? 좋죠?"

"……."

김광수는 받은 담배를 다시 되돌려 주었다.

"담배 끊었습니다."

"아아, 그래요?"

"어차피 감방 들어가면 못 피울 담배, 미리 끊어서 나쁠 것 없잖습니까?"

"하하, 그건 그러네요. 그럼 제가 피우겠습니다."

성대홍은 김광수에게 단도직입적으로 물었다.

"…너 이 새끼, 누구야?"

"몰라서 묻습니까?"

"아니, 넌 김광수가 아니야. 진짜 김광수라면 죽을 때 죽더라도 담배 한 개비 정도는 태웠을 거다."

"당신이 아는 김광수는 이미 죽었습니다. 이 세상에 없다고요."

"그거야 네 생각이고."

박중찬은 상황이 재미있다는 듯 아주 흥미로운 미소를 지었다.

"이야, 이것 참… 무슨 스릴러 영화도 아니고 아주 긴장감 넘치는데요? 범인과 그 정체를 의심하는 또 다른 범인이라… 서스펜스도 이 정도면 아주 차진데요."

"…재미있습니까?"

성대홍의 날이 선 한마디에 박중찬이 어깨를 으쓱했다.

"그럼 재미없는데 억지로 웃을까 봐요?"

"그렇다면 당신은 정말로 검사를 재미로 하는가 보군요."

"내가 미친놈이라고 말하고 싶은 겁니까?"

"잘 아시네요."

박중찬은 담배에 불을 붙여 그에게 건넸다.

치익!

"자, 받아요. 안 죽입니다."

"……"

"그리고 한 대 피우면서 잘 생각해 봐요. 중수부에서 나 같은 또라이를 왜 뽑았겠나."

순간, 박중찬의 표정이 싸늘하게 굳었다.

"난 한 번 잡은 먹이는 절대로 안 놓칩니다. 설사 그게 썩은 고기든 상한 고기든 상관없어요. 물어뜯어서 고기가 없어지든 내가 없어지든 결판이 나야 직성이 풀리죠. 근데 지금까지 나는 고기에게 져본 적이 없습니다. 아니, 그것보다 중수부가 고기에게 물려 뜯기는 일이 한 번도 없던 것이겠죠."

"……."

"자, 그럼 삼자대면 끝났으면 이만 접읍시다. 감방 갈 시간도 없는데. 조금이라도 더 깊이, 더 많이 조사해서 큰집에 오래 살도록 해드려야지요. 아예 특사고 나발이고 아무것도 못 받도록 말입니다."

김광수는 박중찬의 말이 끝나자마자 미친 듯이 웃어댔다.

"으하하하하하! 이제야 제대로 된 영감님이 오셨군! 중수부에 끄나풀이 있다고 들었는데 혹시 영감님이 아닌지 의심했습니다."

"내가? 내가 미쳤다고 저런 양아치와 어울리겠나? 차라리 지나가던 개새끼들과 어울리고 말지."

"…뭐요?"

"양아치, 양아치 몰라요? 당신들처럼 나라를 좀먹고 도둑질하는 개 양아치들 말이야."

박중찬이 자리에서 일어섰다.

"그럼 나는 갑니다. 둘이 지지고 볶든 말든 알아서 하시고!"

그가 자리를 떠나자 성대홍이 김광수에게 물었다.

"…하나만 묻자. 나에게 왜 이런 짓을 하는 거냐? 영민이 그 개자식이 시키든?"

"영민이고 나발이고 난 몰라. 그냥 네가 아공간을 소환하는 하수인을 고용해서 사람들을 죽이도록 시킨 것 말곤."

"그, 그걸 어떻게……?"

"후후, 글쎄? 그걸 내가 어떻게 알았을까?"

그 역시 조사실을 나섰고, 성대홍은 그 자리에 서서 멍하니 천장을 바라보았다.

*　　　*　　　*

강원도 춘천의 한 모텔에 납치파 수뇌부 네 명이 모여 있다.

그들은 보스 김광수에게 이번 사태에 대한 책임과 대책에 대해 물었다.

"이봐, 광수. 이젠 정말 어쩌면 좋겠나? 우리 식구 팔다리 잘린 것이야 그렇다 쳐도 이젠 정말 다 죽게 생겼어."

"…이런 씨발! 도대체 어디서부터 일이 잘못된 것인지 모르겠군!"

김광수는 자신이 투신하면 일이 풀릴 수 있을 것이라고 생각했는데 그건 크나큰 착각에 불과하였다.

만약 그가 잠자코 가만히 있었다면 경찰에서 어떻게든 혐의를 다른 쪽으로 돌리려 노력이라도 했겠지만 지금의 경우는 달랐다.

괜히 그가 끼어들어서 김진태의 성질을 건드린 꼴만 된 것이다.

검사 측에선 이미 김광수와 그 일행을 썰어버릴 구실을 찾고 있었기 때문에 김진태가 딸려들어 오든 성대홍이 딸려들어 오든 상관이 없었다.

한마디로 그는 긁어 부스럼을 만든 셈이었다.

"외국으로 뜨자."

"출입국 관리소에서 우리를 순순히 내보내 주겠어?"

"안 되면 밀항이라도 해야지. 그것도 안 되면 고깃배 타고 대마도로 건너가든지."

"…지금 당장 어디서 밀항선을 구하나? 성대홍이 우리를 죽이려고 단단히 벼르고 있을 텐데."

"맞아. 모르긴 몰라도 지금쯤 인천이나 부산 쪽은 빠져나갈 수 없을 정도로 놈의 사람들이 쫙 깔려 있을 거야."

네 사람이 머리를 맞대고 있을 무렵, 모텔 문이 부서지며 건달들이 쏟아져 들어왔다.

쾅!

"어, 어어?!"

"이런 개자식들! 이곳에 숨어서 작당 모의를 하고 있었군그래!"

"튀어!"

마시고 있던 술병을 집어 던지곤 창밖으로 뛰쳐나가려던 그들의 앞으로 오히려 유리창의 파편이 날아들었다.

쨍그랑!

"허, 허억!"

"어디를 도망가려고!"

퍼억!

한발 앞서 창문 앞에서 대기하고 있던 건달들이 그들을 향해 쇠파이프를 휘둘렀다.

퍽퍽퍽퍽!

"크허억!"

"도망은 꿈속에서나 쳐라!"

건달들은 네 사람이 피떡이 될 때까지 두들겨 팼다. 그러곤 바닥에 기절해 있는 김광수를 끌어냈다.

잠시 후, 성대홍의 수행비서 이휘찬이 모습을 드러냈다.

"김광수가 몇 년을 받았다고?"

"무기수입니다. 장기 밀매와 인신매매까지 싹 다 증거로 채택되었답니다."

"그럼 볼 것도 없겠군. 이놈을 그들에게 넘겨."

"예, 알겠습니다."

"그리고 나머지 놈들은 어디 하나씩 잘라서 경찰에 넘겨줘라."

"자를 부위는……."

"그냥 알아서 잘라. 단, 평생 사람 구실 하면 안 된다. 알겠나?"

"예, 알겠습니다."

이제 세 사람은 모텔에서 끌려 나가 승합차에 실렸다.

그날 저녁, 밧줄에 꽁꽁 묶인 넙치파 수뇌부 세 사람이 강원도 산골 마을 농가로 끌려왔다.

퍼억!

"크윽!"

"잘 묶었겠지?"

"예, 형님."

넙치파 수뇌부는 이휘찬의 하수인인 김재성의 얼굴을 잘 알고 있었다.

"기, 김 팀장, 이러면 안 되지! 우리가 알고 지낸 세월이 얼마인데!"

"안 될 것 있나? 대세가 바뀌었으면 대세에 따라야지."

"뭐, 뭐라고?!"

그는 조경용 가위를 꺼내 들었다.

철컥, 철컥!

"날이 아주 바짝 섰군."

"그, 그것으로 뭘 어쩌려는 건데?"

"보면 알아."

김재성은 네임 펜으로 세 사람의 몸에 각각 점선을 그리기 시작했다.

한 사람은 관절과 관절을 이어주는 근육을, 한 사람은 얼굴 피부 전체를, 또 한 사람은 낭심을 색칠했다.

"자, 이 정도면 충분하겠지?"

"뭐, 뭘 말이야?"

"각자 인생을 망쳐 버린 피해자들이 정신적 피해 보상을 받을 정도 말이야."

"……!"

"그럼 시작하지."

김재성의 거침없는 가위질이 세 사람을 향했다.

*   *   *

이른 아침, 발록 용병단으로 태영그룹 총괄이사 주영민이 찾아왔다.

그는 카미엘에게 꾸벅 고개를 숙였다.

"감사합니다! 정말 감사합니다!"

"무슨 말씀이신지요?"

"당신 덕분에 우리 그룹이 살았습니다. 그렇지 않았다면 제 동생은 이미 저세상으로 떠났을 것이고 저는 좌천되어 외가의 가업을 빼앗기고 말았겠지요."

카미엘은 고개를 저었다.

"우리는 그냥 더 이상 몬스터들이 창궐하지 않도록 후속 조치를 취한 것뿐입니다. 그쪽을 일부러 돕는다거나 의식해서 한 일이 아닙니다. 그러니 감사를 받을 일이 없습니다."

"그렇지만 어찌 되었든 간에 일을 잘 처리해 주셨으니 그에 대한 보답은 해야겠지요."

그는 자기앞수표 석 장과 증권 서류 열 장을 건넸다.

"큰 것으로 석 장입니다. 증권은 대략 50개 정도의 가치가 있을 것이고요."

"계약과 다른데요? 금액이 너무 큽니다. 정도를 지나치는 돈은 받지 않는 것이 원칙입니다."

"정도를 지나친 돈이 아닙니다. 이 업계는 일을 잘하면 보너스를 지급한다고 하더군요. 그 보너스라고 생각하십시오."

"이렇게 큰돈을 주시는 데엔 뭔가 조건이 있겠지요?"

"그런 것 없습니다. 만약 조건이 있었다면 이렇게 찾아오지도 않았겠지요."

"흠……."

"때론 호의가 조금 지나치다고 생각될 때도 있겠습니다만, 제가 무엇 때문에 단장님과 척을 지겠습니까? 걱정 마십시오."

그는 일단 돈을 받기로 했다.

"뭐, 목숨을 걸고 일했으니 받기는 하겠습니다. 동료들이 좋아할 것 같기도 하고요."

"잘 생각하셨습니다."

카미엘이 돈을 받자 그는 악수를 청했다.

"앞으로 또 볼 일이 있을 것 같습니다."

"나 같은 용병와 엮이는 건 별로 좋지 않은 일인데요?"

"하하, 사람 일은 모르는 거죠. 좋은 일로 엮일지 나쁜 일로 엮일지. 하지만 최소한 인연의 끈이 닿는다는 것은 좋은 일 아니겠습니까?"

영민은 그에게 개인 명함을 한 장 건넸다.

"제 연락처입니다. 단장님 같은 능력자가 제 도움이 필요한 날이 있을지 모르겠습니다만, 제가 필요하다면 언제든 연락 주십시오. 상부상조, 받은 것이 있으면 돌려드리는 것이 있어야 하는 법이지요."

"이 역시 도움을 안 받는 쪽이 좋은 것 아니겠습니까? 좋은 일만 있다면 무슨 도움이 필요하겠습니까?"

"하하, 그건 또 그렇군요."

"뭐, 명함은 잘 보관하겠습니다."

"감사합니다."

주영민은 카미엘에게 술자리를 제안했다.

"괜찮다면 술이나 한잔하시죠."

"지금요?"

"꼭 지금이 아니라도 상관없습니다. 시간이 날 때 연락 주신다면 바로 삼척으로 달려오겠습니다."

"바쁘신 분이 그래도 됩니까?"

"그래도 될 만한 사람이면 그래도 되지요."

"그렇군요."

그는 자리에서 일어섰다.

"그럼 오늘은 바쁘신 것 같으니 이만 돌아가겠습니다."

"살펴 가십시오."

주영민은 계속해서 의미심장한 눈으로 그를 바라보았지만 카미엘은 대수롭지 않게 그 눈빛을 흘려보냈다.

제7장
청년회

금요일 저녁, 카미엘이 할복장으로 향하고 있다.

그는 할복장에 일손이 부족하거나 횟집에 사람이 몰리면 주말을 이용해 일을 도와주곤 했다.

오늘도 할복장에 일손이 부족하다고 하여 리나와 베이비시터에게 아이들을 맡겨놓고 일손을 보태려는 것이다.

카미엘이 할복장으로 들어서자 동네 아낙들이 그를 반겼다.

"아이고, 우리 두이 왔네!"

"누님들, 잘 계셨지요?"

"요즘 자네가 없어서 할복장 분위기가 아주 꽝이야. 칙칙한 아줌마들뿐이라서 일할 맛이 안 난다고 해야 하나?"

"하하, 그럼 제가 없을 때엔 어떻게 일하셨어요?"

"TV에 나오는 연예인들로 눈요기를 삼았지, 뭐. 하지만 지금은 물 찬 제비처럼 잘빠진 청년이 있으니 그럴 필요가 없잖아?"

"저를 물 찬 제비로 생각해 주시다니, 영광이네요."

잠시 후, 앞치마를 두른 유희나가 투덜거리면서 들어왔다.

"…도대체 주말에 쉬지도 못하고 이게 뭐 하는 거람?"

"희나 씨 아닙니까?"

"어라? 두이 씨도 왔어요?"

"일손이 부족하다고 해서요. 그러는 희나 씨는 무슨 일입니까?"

"…나는 돈이 부족해서 나왔는데요."

"아아, 그렇군요."

희나는 대학을 다니며 받은 학자금 대출 때문에 월급의 대부분을 대출 상환에 투자하고 있는 상황이었다.

거기에 월세, 공과금, 통신비, 식비까지 그녀는 당분간 할복장 아르바이트에서 벗어날 수 없을 것이다.

돈 때문이기도 하지만 그녀가 매일 투덜거리면서도 할복장으로 나오는 것은 이곳의 정 때문이었다.

"자자, 일하기 전에 간식부터 먹고 합시다!"

"이게 뭐야? 명태회무침 아니야?"

"일하기 전에 감자전에 명태회무침 한 접시 먹고 하면 좋잖아?"

부녀회장과 몇몇 아낙이 힘을 보태 뚝딱 만들어낸 간식은 모두가 다 먹고 남을 정도로 푸짐했다.

희나는 집에서 가지고 온 인스턴트 공깃밥을 양푼에 넣고 그 위로 회무침을 얹어 슥슥 비볐다.

"배고픈데 잘됐네. 이럴 땐 회덮밥이 최고지."

"우리 희나는 오늘도 끼니를 여기서 해결하네? 아침 안 먹고 다녀?"

"그럴 시간이 어디 있어요? 그리고 여기 오면 먹을 것이 천지인데."

"뭐, 그렇긴 한데… 아가씨가 너무 선머슴처럼 굴면 남자가 안 꼬여."

그녀들은 카미엘을 바라보며 물었다.

"어이, 두이."

"예, 누님."

"자네가 볼 땐 어때? 저런 여자 만나볼 의향 있어?"

그는 양푼을 끌어안고 허겁지겁 밥을 먹고 있는 그녀를 바라보았다.

"쩝쩝. 기분 나쁘게 왜 사람을 쳐다봐요?"

"의향이 있냐고 물어서 관찰하는 겁니다."

"…그래서, 그 결과는요?"

카미엘이 실소를 흘렸다.

"뭐, 술친구로는 나쁘지 않겠네요."

"수, 술친구?"

"네. 이런 성격이라면 술친구론 손색이 없지 않겠습니까? 아주 의리로다가 진하게 마셔줄 것 같기도 하고."

"…뭐예요?!"

회무침을 입에 가득 물고 소리치는 그녀에게 부녀회장이 말했다.

"거참, 먹을 것 입에 넣고 화내면 어떻게 해? 그러니까 남자가 없지."

"… 자꾸 촌철살인하면 집에 갈 거예요?"

"호호, 그래, 알았어. 먹던 것이나 실컷 먹어."

"먹을 땐 개도 안 건드린다고 했건만……."

"그런데 희나야, 너 계속 그렇게 살면 죽을 때까지 시집 못 간다."

"언니!"

"오호호호!"

막내는 항상 이런 식으로 장난의 표적이 되었지만 정말로 그녀가 미워서 놀리는 사람은 아무도 없었다.

카미엘은 이런 작업장의 분위기가 아주 좋다고 생각했다.

*　　　　*　　　　*

일이 끝나고 난 후, 삼삼오오 무리를 지어 길을 재촉한다.

"오늘 수고 많았어! 막걸리 한 사발 마실 사람은 따라와!"

"좋지!"

카미엘은 집에서 기다리는 손자 손녀가 있어서 그녀들과 함께 가지 않았다.

그런 그가 짐을 챙겨서 나가려는데 희나가 슬그머니 다가왔다.

"이봐요, 김두이 씨."

"말씀하시죠."

"내가 그렇게 매력이 없어요?"

순간 카미엘은 고개를 갸웃거렸다.

"그게 무슨 말씀이십니까? 매력이 없다니요?"

"아까 그랬잖아요. 술친구로선 괜찮은 것 같다고."

카미엘은 슬그머니 미소를 지었다.

"아니, 난 여자로서 매력이 없다고 말한 적 없는데?"

"…줏대가 없는 건가요, 아님 능글맞은 건가요?"

"사실을 말한 것뿐입니다."

희나는 특유의 똥 씹은 표정을 지었다.

"젠장, 오늘도 본전 건지긴 글렀군."

"하하, 무슨 본전이요?"

"됐어요. 난 이만 갈게요."

카미엘이 자꾸 그녀를 놀리는 것은 이런 반응이 재미있었기 때문이다.

사람과 사람이 친해지면 친근감의 표시로 여러 가지를 건네곤 하는데, 카미엘은 그 친근감의 표시가 바로 장난이었다.

"희나 씨."

"…왜요."

"희나 씨는 매력 있어요. 이름도 특이하고."

"이름이 특이해서 매력이 있다는 건가요, 아님 매력이 있어서 이름이 특이해 보이는 건가요?"

"둘 다요."

그녀는 또다시 애매모호하게 말하는 카미엘에게 버럭 성질을 부렸다.

"아이, 정말! 다신 말 걸지 말아요! 속 터져!"

"하하, 미안합니다. 같이 가요."

"시끄러워요! 따라오지 말아요!"

두 사람이 툭탁거리고 있을 무렵, 저 멀리서 정아름이 다가왔다.

그녀는 카미엘에게 공손하게 인사를 건넸다.

"안녕하세요?"

"아, 네. 안녕하세요."

"일은 끝나셨나요?"

"이제 마무리하고 집에 가려던 참입니다."

"잘되었네요. 두이 씨에게 할 말이 있어서 왔는데."

"아, 그렇습니까?"

희나는 정아름을 떨떠름한 표정으로 바라보았다.

"…아름이 언니, 저는 투명 인간이에요?"

"어라? 희나도 있었네?"

"쳇, 둘이 짝짜꿍을 맞추느라 나는 보이지도 않죠?"

"호호, 그렇지 않아. 어두워서 잘 안 보였을 뿐이야."

아름은 두 사람에게 캔 커피를 하나씩 건넸다.

"이거 마시면서 얘기 좀 할까요?"

"우리 둘 다?"

"모두에게 할 말이야."

"뭐, 그렇다면야……."

희나는 투덜거리면서도 그녀의 뒤를 따랐다.

*　　　*　　　*

이사부공원 방파제 공원에 앉은 세 사람은 새로 조직된 청년회에 대한 얘기로 이야기꽃을 피웠다.

이윽고 아름은 두 사람에게 청년회 가입을 종용했다.

"건달들이 이 도시에서 대거 사라지면서 그동안 정계와 유착 관계에 있던 청년회가 와해되고 새로운 청년회가 조직되었어요. 이제는 공공근로나 봉사활동, 사회 공헌 활동에 주력할 수 있는 사람들만 모여들고 있죠. 예전에는 청년회 활동을 하는 사람이나 간부들에게 꽤 많은 사례금이 지급되었는데, 이제는 그런 돈이 일체 없어지고 모든 것이 공헌 활동이나 공공 활동에 쓰이고 있어요."

"한마디로 청년회가 봉사 단체로 바뀐 것이군요?"

"네, 맞아요. 원래 그렇게 되어야 했지만, 해신파에서 주먹으로 청년회를 운영하는 바람에 그 모토가 틀어지고 만 것이죠."

"흠……."

"만약 두이 씨와 희나가 들어와 준다면 아주 좋을 것 같아요. 청년들끼리 소통도 하고 지역사회 공헌에 대한 얘기도 좀 나누고요."

희나는 고개를 저었다.

"난 기각."

"왜? 앞으로 진급하자면 청년회 활동이 도움이 될 텐데."

"난 야심이 없어. 그냥 이렇게 그냥저냥 살다가 시집이나 갈래."

"에이, 그래도 여자가 너무 사회생활을 안 해보면 나중에 힘들지 않겠어?"

"언니의 말이 무슨 말인 줄은 알겠지만, 난 내 생활이 너무 바빠서 말이야."

"하긴, 네가 요즘 좀 힘들긴 하지. 내가 괜한 얘기를 꺼냈나봐."

"아니야. 다 생각해서 해준 얘기일 텐데, 뭐."

"알아주니 고마워."

카미엘 역시 그녀를 따라서 청년회에 들어가지 않겠다고 말하려 했다.

"저기… 저는……."

"두이 씨는 좋은 사람이니까 충분히 제 생각에 따라줄 것이라고 믿어요. 희나와는 다르게 자금적인 여유도 생겼을 테니까요."

"그, 그건……."

"시간을 많이 뺏는 활동은 아니에요. 이따금 모여서 힘든 노인들을 돕거나 농번기에 부족한 일손을 채우는 정도니까요."

듣고 보면 요즘 카미엘이 하는 일과 그다지 차이는 없지만 사람이 너무 많은 곳은 꺼려졌다.

그렇지만 그녀의 초롱초롱한 눈을 보고 있자니 도저히 거절할 수가 없었다.

"해주실 거죠? 두이 씨는 좋은 사람이잖아요."

"…생각을 좀 해봐야 하지 않겠습니까? 아이들도 있고요."

"그래요. 하지만 두이 씨는 꼭 가입할 것이라고 믿어요."

"그러니까……."

"그렇죠?"

그는 결국 고개를 끄덕이고 말았다.

"휴우, 알겠습니다. 가입하지요."

"어머, 정말요?!"

"제가 지역사회에서 받은 것이 적지 않으니 당연히 활동을 해야겠지요. 잠시 제 생각이 짧았습니다."

"아니에요! 정말 고마워요!"

그녀는 자신도 모르게 카미엘의 손을 덥석 잡았다.

그러자 희나가 고개를 가로저었다.

"이게 지금 사귀자고 구애하는 거야, 아니면 청년회에 가입시키려는 거야?"

"어, 어머나!"

"참, 누구와는 다르게 만나는 족족 핑크빛이네?"

희나는 입을 삐죽 내밀곤 카미엘에게 말했다.

"이봐요, 두이 씨. 좋겠어요? 이렇게 수더분하고 참한 여자가 손도 잡아주고."

"좋긴 하죠."

"어머, 두이 씨도 참……."

그녀는 결국 똥 씹은 표정으로 일어선다.

"젠장, 그때 그냥 구해주지 말고 모른 척 지나칠 것을 그랬어. 하늘에 잘생긴 남자 하나 내려달라고 했더니 애 딸린 할아버지가 떨어졌어."

"하하, 그래서 후회합니까?"

"네! 아주 많이요! 두 사람 모두 행복해서 죽어버려요! 메롱!"

그녀가 돌아서자 카미엘은 실소를 흘렸다.

"기운이 넘치네요."

"저게 희나의 매력이죠."

가만히 그녀를 바라보던 두 사람은 한참이 지나서야 손을 잡고 있다는 것을 깨달았다.

"어, 어머나!"

"험험, 손이 따뜻하시네요."

"…고마워요."

멋쩍게 웃는 카미엘에게 그녀가 물었다.

"두이 씨, 이번 주말에 뭐 하세요? 횟집 아르바이트가 있나요?"

"있긴 한데 별로 바쁘지는 않아서 오픈 때만 잠깐 도와주기로 했습니다."

"그럼 혹시 시간 괜찮으세요?"

"뭐, 그렇긴 하죠."

"어머나! 잘됐네요. 청년회에서 마침 술자리를 갖기로 했거든요. 그때 오실래요? 정라동 어시장에서 한잔한다고 하던데."

카미엘은 고개를 끄덕였다.

"리나에게 부탁해 보겠습니다."

"저도 좀 부탁한다고 전해주세요!"

"그래요. 알겠습니다."

오늘따라 그녀가 유난히도 신나 보인다.

*　　　　*　　　　*

관광객이 한창 몰린 주말 저녁이 지나고 나자 어시장 좌판에 불이 꺼져 있다.

그러나 어시장 4번 좌판은 여전히 시끌벅적했다.

오늘 이곳에서 삼척시 청년회가 술자리를 가졌기 때문이다.

"자, 건배!"

"건배!"

곰칫국부터 임연수어구이, 오징어물회, 섭 맑은탕, 홍게찜, 홍새우구이까지 삼척의 특산물이 죄다 차려져 있다.

그럼에도 불구하고 이 한 상을 다 보는 데 들어간 돈은 30만 원이 채 되지 않았다.

청년회에는 배를 모는 선장 아들이나 배를 물려받은 선주들이 꽤 있었기 때문에 술값을 빼면 조리 비용만 들어간 셈이다.

카미엘은 이렇게 푸짐하게 차려진 술상이 처음이었다.

"역시 바다가 좋긴 좋네요."

"하하, 많이 들어요, 두이 청년!"

현재 청년회장 자리는 공석이지만 가장 연장자인 조성훈이 사실상 청년회를 이끌고 있었다.

그는 얼마 전, 이 지역에서 일어난 몬스터 토벌전의 일등 공신이 카미엘이라는 사실을 익히 알고 있었다.

비록 내색은 하지 않았지만 그는 카미엘을 동해안의 영웅으로 생각하고 있었다.

"그동안 내가 두이 씨를 초대하고 싶어서 얼마나 벼르고 있었는지 알고 있습니까?"

"저를요? 저는 그냥 평범한 용병인데요."

"하지만 우리 동네, 고향이 발전하는 데 이바지하는 공이 결코 적지 않습니다."

"그렇게까지 말씀하실 것은 아닌데……."

"뭐, 아무튼 두이 씨가 이곳으로 오면서 많은 것이 바뀌었습니다. 저는 그것이 우리 고향에 좋은 영향을 줄 것이라고 확신합니다."

조성훈은 카미엘을 상당히 좋게 보았지만 사실상 카미엘은 청년회에 그렇게 큰 뜻을 두지 않았다.

다만 동네에서 받은 것이 많으니 그것을 돌려주고 싶다는 생각뿐이었다.

조성훈에 이어서 삼척시 청년회 소속 대학생들과 젊은 상인들이 카미엘에게 술을 따라주러 다가왔다.

"두이 씨, 한 잔 받아요! 난 시장에서 건어물 도매하는 임성찬이라고 합니다!"

"네, 반갑습니다."

"형님, 저는 국립 이사부대학교 학생회장 최성진입니다! 잘 부탁드립니다!"

"그래요, 반가워요."

"한 잔 받으시죠!"

카미엘은 주는 술을 마다하는 사람이 아니었기 때문에 받는 족족 술을 마시고 잔을 돌렸다.

그렇게 쌓인 술병이 무려 네 병이었지만 그는 크게 취하지는 않았다.

사람들은 카미엘을 보고 술고래라고 혀를 내둘렀다.

"이야, 이 정도면 거의 맛이 가는 것이 정상인데 정말 대단하네!"

"저는 술을 좋아합니다. 좋아하는 사람은 많이 마실 수밖에 없죠."

이제 남자들이 술을 한 바퀴 돌렸으니 여자들이 나설 차례다.

"우리 잔도 한 잔씩 받아요."

"고맙습니다."

카미엘에게 가장 먼저 다가온 사람은 중앙시장에서 카페를 하는 정미주였다.

"미주라고 해요. 우리 가끔 이렇게 한잔씩 해요."

"기회가 된다면 물론 한잔할 수 있지요."

그녀는 술을 따라주다가 손을 살짝 삐끗해서 카미엘의 바지에 소주를 쏟았다.

촤락!

"어, 어어……."

"어머나, 괜찮아요? 제가 좀 취했나 봐요. 닦아드릴게요."

정미주가 마른 수건으로 카미엘의 바지를 닦으려고 하자, 정아름이 잽싸게 그것을 빼앗았다.

"얘가 지금 무슨… 죄송해요. 제 동생이 조금 취했나 봐요."

"아니요, 괜찮습니다."

카미엘은 실수라고 생각해 대수롭지 않게 생각했지만, 어쩐 일인지 정아름은 그녀를 경계하는 것 같았다.

하지만 그것은 정미주 쪽에서도 마찬가지였다.

"어머나, 언니. 언니가 두이 씨 마누라라도 돼?"

"…뭐라고?"

"두이 씨는 아내와 사별한 홀아비, 아니지, 홀 할아비라면서. 그럼 임자가 있는 사람도 아닌데 내가 바지 좀 닦아준다고 뭐 문제될 것 있어?"

"그, 그건 그렇지만……."

"안 그래요, 두이 씨?"

카미엘은 조금 당황하는 정아름과 득의에 찬 미소를 짓는 정미주 사이에서 난감함을 느꼈다.

'뭐야? 분위기가 왜 이래?'

설마하니 술자리에서 이런 기 싸움이 있으리라곤 전혀 상상하지 못한 카미엘은 일단 그 현장을 피해 버렸다.

"험험, 담배 한 대 피우고 올까?"

"오오! 좋지요! 같이 갑시다!"

카미엘이 담배를 피운다고 일어서자, 남자들이 우르르 몰려나왔다.

덕분에 카미엘은 위기를 모면할 수 있었다.

*　　　*　　　*

남자들이 우르르 몰려나간 후, 여자들끼리 남아서 술잔을 돌리고 있다.

그녀들은 뉴 페이스 카미엘을 안주 삼아 얘기를 나눴다.

"그나저나 저 두이라는 남자 말이야. 뭔가 되게 신비한 느낌이 있다."

"그치, 그치? 외국에서 와서 그런가? 이목구비도 상당히 또렷하고 선도 강하고. 하지만 눈빛이 좀 부드럽다고나 할까? 뭔가 그윽한 맛이 있어."

"맞아!"

얼굴 잘생겼지, 키도 크지, 몸매도 잘빠졌지, 게다가 용병 생활을 하는 거친 마초 이미지가 겹쳐져서 카미엘은 그야말로 인기 만점이었다.

그런 그녀들 사이에서 정씨 자매는 여전히 기 싸움이 한창이었다.

"언니, 저 남자 좋아하지?"

"…뭐?"

"좋아하잖아? 그래서 내가 꼬리 치려니까 선수 쳐서 막은 거 아니야?"

"……."

"쳇, 갖고 싶다면 갖고 싶다고 말을 해. 사람 헷갈리게 하지 말고."

"두이 씨가 무슨 물건이니? 갖고 싶다, 말다, 그런 소리를 하게?"

"남자야 먼저 깃발을 꽂는 사람이 갖는 거지. 안 그래?"

어려서부터 아름과 미주는 영 딴판이라서 어디를 가든 서로 상반된 평가를 받곤 했다.

솔직하고 자유분방한 미주와 참하고 조신한 아름은 분명 극명히 갈리는 스타일의 소유자였다.

심지어 자매임에도 불구하고 외모와 몸매까지 영 딴판이라서 한 핏줄이라고 말하면 십중팔구 놀라며 정말이냐고 되물었다.

육감적인 몸매에 섹시한 외모, 한국적이면서도 서정적인 외모, 자매는 어쩌면 처음부터 물과 기름처럼 서로 맞지 않는 성향이었는지도 모른다.

미주는 언제나 자신감이 넘쳤다.

"내가 저 남자를 오늘 자빠뜨린다면 어쩔래? 포기할래?"

"뭐, 뭐라고?"

"먼저 깃발을 꽂는다고."

청년회 여성 회원들은 그녀의 깃발 꽂는다는 소리에 환호성을 보냈다.

"어머나! 역시 화끈하다!"

"그래, 질러 버려!"

회원들의 절대적인 지지를 받는 그녀를 바라보며 아름은 오늘도 그저 고개를 숙일 뿐이었다.

그녀는 아름을 바라보며 득의에 찬 미소를 지었다.

"자, 그럼 내가 먼저 먹을게. 고마워, 언니."

"……."

아름은 쓸쓸한 입맛을 술로 달랬다.

＊　　　　＊　　　　＊

술자리가 시작된 지 세 시간쯤 지났을 무렵, 슬슬 1차가 정리되는 듯했다.

다들 얼큰하게 취해서 비틀거리면서 한 잔 더를 연발했다.

"자자, 그럼 2차 갑시다!"

"2차는 어디서 마시나?"

"치맥 어때? 간만에 치킨에 맥주 한잔이 당기는군."

"그래요. 담백한 것을 먹었으니 기름진 것으로 배를 채워야죠. 다들 어때요?"

"좋아요!"

모두 자리를 옮기는 분위기였지만, 카미엘은 난감한 표정을 지었다.

"어쩌죠? 저는 못 갈 것 같습니다."

"어라? 그런 게 어디 있어?! 한 사람 빠지면 무슨 재미야?!"

"맞아요! 같이 가요!"

카미엘은 고개를 저었다.

"아이들을 너무 오랫동안 맡겨두었습니다. 제가 가서 아이들을 돌보고 리나는 잠자리에 들도록 해야지요."

"아아, 그래도 너무 아쉬운데."

"하하, 죄송합니다. 나중에 기회가 된다면 제가 모시겠습니다."

"쩝, 그럼 할 수 없지."

이 세상에 그 어떤 사람도 소녀가 아이들을 돌보고 있다는 데 끝까지 붙잡을 수는 없을 것이다.

카미엘이 자리에서 빠져 집으로 돌아가는 길목, 그의 뒤로 그림자 하나가 다가왔다.

"두이 씨."

"……?"

무심결에 고개를 돌린 카미엘은 화들짝 놀라고 말았다.

"아, 아름 씨?"

"집에 가는 길이에요?"

"네, 쌍둥이가 기다리고 있을 테니까요."

"그렇군요."

그녀는 얼굴이 새빨개져서 카미엘에게 물었다.

"두이 씨는 제가 어떤 사람 같아요?"

"그게 무슨 말입니까?"

"여자로서… 매력이 있냐고요."

카미엘은 그녀에게 분명 무슨 일이 있었다고 생각했다.

"왜요? 누가 뭐라고 했습니까?"

"그냥… 대답해 줘요."

그는 솔직하게 그녀에게 속내를 털어놓았다.

"아름 씨는 아주 매력적인 여자죠. 아마 모든 남자가 그렇게 생각하지 않을까요?"

"그 남자 중에 두이 씨도 끼어 있나요?"

"저도 남자입니다. 당연히 아름 씨가 매력적이라고 생각하죠."

"…만약 그렇다면… 내가 자자고 한다면요?"

순간, 카미엘은 놀라서 눈이 동그래졌다.

"뭐, 뭐라고요?"

"아니에요……."

그녀는 한마디 툭 뱉어놓곤 돌아서 스스로 머리를 쥐어박으며 자책했다.

"…미쳤어! 미쳤다고!"

"……."

카미엘은 그런 그녀를 바라보며 실소를 흘렸다.

"하하, 아름 씨."

"네?"

"라면 먹고 갈래요?"

"라면이요?"

"비록 집에 사람들이 좀 있긴 합니다만, 아름 씨만 괜찮다면 라면 한 그릇 먹고 가요."

그녀는 알쏭달쏭한 표정으로 카미엘을 바라보았다.

"두이 씨는 참 좋은 사람이에요."

"네?"

"그런데 사람을 헷갈리게 하는 면이 있네요. 그래, 희나의 심정이 이해가 되는 것 같아요."

"제가 사람을 헷갈리게 한다고요?"

정아름은 이내 답답해진 마음이 풀어진 듯 원래의 포근한 미소를 지었다.

"후훗, 아니에요. 두이 씨는 두이 씨만의 매력이 있는 법이죠."

"……?"

"가죠. 라면은 제가 끓일게요."

"에이, 그래도 손님에게 어떻게 라면을 맡깁니까? 제가 끓일게요."

"제가 다른 것은 몰라도 요리는 자신이 있어요. 한번 맡겨봐요. 때마침 아까 회식에서 남은 해산물이 잔뜩 있으니까 이참에 아주 거하게 끓여 먹자고요."

"그럼 제가 어쩔 수 없이 주방 보조를 해야겠군요."

"호호, 두이 씨는 보조 체질인가 봐요?"

"그런가 봅니다."

두 사람은 두런두런 얘기를 나누며 카미엘의 집으로 향했다.

*　　　　*　　　　*

늦은 밤, 청년회의 술자리가 3차로 이어지는 중이다.

호프에서 맥주를 한잔 걸친 후 노래방으로 자리를 옮기는데, 술자리에 여전히 정미주가 남아 있다.

그녀의 친구들이 물었다.

"그런데 아까 왜 두이 씨 안 따라갔어?"

"뭐? 그게 무슨 소리야?"

"아까 오늘 깃발을 꽂네 마네 했잖아?"

그녀는 실소를 흘렸다.

"아하, 그거? 별것 아니야. 그냥 언니가 자꾸 집에서 혼자 궁상떠는 것 같아서 두 사람을 밀어준 것이지."

"아아! 그런 깊은 뜻이……!"

"만약 내가 밀어주지 않았다면 언니는 평생 그 남자에게 고백 한 번 못 해보고 다른 여자에게 빼앗기고 말걸."

"하긴, 두이 씨가 사람이 아주 괜찮은 것 같기는 하더라. 생긴 것도 그렇고."

"쩝, 아쉽기는 하지만 어쩌겠어? 저렇게 맹탕인 언니를 둔 내 죄지."

사실 미주는 자신의 틀 안에 갇혀 사는 언니를 밖으로 끌어내기 위해 어려서부터 자꾸 도발을 하고 말다툼을 유도했다.

그런 사실을 어렴풋이 알고 있는 아름이지만 좀처럼 자신의 내면에 있는 틀을 깨지는 못했다.

하지만 오늘 그녀는 아까 우연치 않게 자신이 쳐놓은 덫에 걸린 언니를 보았다.

비록 실패한 것 같기는 하지만 적어도 남자에게 먼저 자자고 말을 건넨 것만으로도 그녀는 충분히 성장했다고 볼 수 있었다.

'이혼의 상처가 별거야? 그런 멋진 남자와 재미있게 사귀면 그만이지.'

그녀는 오늘 기분이 아주 좋아졌다.

"자자, 갑시다! 3차는 내가 쏩니다!"

"우와! 무슨 좋은 일 있어?"

"아니, 지금 당장은 아닌데 조만간 좋은 일이 생길 것 같아."

"이야! 아주 큰 경사인 모양이지? 3차를 낸다고 하고 말이야."

"경사지. 이뤄지기만 한다면 아주 큰 경사가 될 거야."

"좋다! 오늘은 미주 씨가 3차를 쏜다니 마음껏 먹고 마시자!"

"갑시다!"

그녀는 사람들을 이끌고 노래방으로 향했다.

*　　　*　　　*

늦은 밤, 각종 해물이 듬뿍 들어간 해물라면 냄새가 카미엘의 온 집 안에 풍겨났다.

리나는 야밤에 라면을 허겁지겁 먹느라 정신이 없었다.

"후루루룩!"

"맛있어요?"

"…역시 남자가 끓이는 것과는 천지 차이군."

"호호, 맛있다니 다행이네요."

리나는 아주 단순하게 자신의 속에 있는 말을 꺼냈다.

"이참에 아예 여기서 눌러 살지 그래?"

"무, 무슨 소리예요, 그게?"

"말 그대로인데. 이 아저씨가 만드는 음식이 나랑 영 안 맞아서 말이야."

"아무리 그래도 그건 좀……."

"왜? 싫어?"

정말 단순한 질문을 받았지만 어쩐지 밥상머리에 긴장감이 감도는 것 같았다.

카미엘도 은근히 그녀가 어떤 대답을 할지 궁금해졌다.

그녀는 가만히 생각을 해보다가 이내 미묘한 미소를 지었다.

"글쎄요?"

"무슨 대답이 그래?"

"후훗, 그럴 때도 있는 법이죠."

카미엘은 실소를 흘렸다.

"하하, 이런 느낌이었나?"

"이제 알겠어요? 약간 김새는 느낌?"

"그래요. 그렇군요."

리나는 두 사람이 무슨 소리를 하는 것인지 알아들을 수가 없었다.

"또 자기들끼리 얘기하고 자기들끼리 웃네?"

"그런 것이 있어. 꼬맹이는 몰라도 된단다."

"쳇, 더럽고 치사해서."

그녀는 해물라면을 냄비째 빼앗았다.

"내가 다 먹을 거야!"

"하하, 욕심쟁이군."

"더 먹고 싶으면 어떻게든 저 여자를 우리 집에서 재워. 그럼 해줄 것 아니야?"

"리나 씨도 참……."

카미엘은 그녀에게 아주 조심스럽게 물었다.

"그래요. 자고 가세요. 리나와 한 방을 쓰면 되니까요."

"…그래도 될까요?"

"안 될 것 뭐 있습니까?"

그녀는 그제야 환한 미소를 지었다.

"좋아요. 아가들 상태도 좀 보고 내일 아침에 밥도 차려주고 싶었는데 잘되었네요."

"하하, 고맙습니다."

두 사람의 얼굴에 행복이라는 두 글자가 보이는 듯하다.

제8장

유엔

　이른 아침, 발록 용병단 사무실로 유하진 대위가 찾아왔다.

　그는 카미엘에게 민간 자본 출자 소탕 작전을 의뢰하겠다며 작전 개요도를 내밀었다.

　"해주실 거지요?"

　"이번에도 태영그룹이 엮여 있군요?"

　"어쩔 수 없습니다. 그쪽도 원해서 몬스터를 사냥하는 것은 아니니까요."

　워낙 광범위한 사업 기반을 가지고 있는 태영그룹이기 때문에 대한민국에서 그들이 지은 건물을 지나치지 않고선 다니기 힘들 정도이다.

　그러니 의뢰가 연달아 들어온다고 해도 이상한 일은 아니었다.

"아무튼 이번 의뢰는 좀 특이합니다. 자료를 봐주시지요."

카미엘이 작전 개요도를 펼치자, 민자고속도로 설계 도면이
나온다.

"충북 진천의 민자고속도로입니다. 통행료 천 원의 유료 도
로인데, 고속도로와 기찻길이 함께 엮여 있습니다. 이 교차점에
아공간이 출몰하게 된 것이지요."

"흠……."

"현재 민자고속도로의 몬스터 출몰로 인하여 중부고속도로
와 호남선이 함께 막혀 버렸습니다. 이게 원래 민자고속도로와
함께 연계되어야 이윤 창출이 쉬울 텐데 그게 안 되니 답답한
상황이 되어버린 것이죠."

"이 안에 걸려 있는 이해관계 역시 상당히 복잡하겠군요?"

"그래서 군부가 아닌 용병들을 사용하자는 제안이 나온 겁
니다. 물론 우리도 이 정도 일은 할 수 있어요. 그렇지만 최대
한 깔끔하게 정리할 수 있는 사람은 군인이 아니라 용병들이지
요. 괜히 군부가 나섰다가 구설수만 커지고 수확은 없어질지도
모릅니다. 그렇게 죽 쒀서 개 주느니 우리가 한발 물러나는 것
이 현명할 겁니다."

"그래요. 그건 확실히 그렇군요."

"아무튼 해주실 거지요?"

"물론 합니다. 우리가 언제 의뢰를 거부하는 것 봤습니까?"

"하긴, 그건 그러네요."

그는 카미엘에게 명함을 한 장 건넸다.

"태영그룹의 새로운 총괄이사입니다. 한번 만나서 작전 개요에 대해 설명을 들으시고 계약을 채결해 주셨으면 합니다."

"알겠습니다. 어차피 작전지역 답사를 떠나야 하니 가는 길에 면담을 하면 되겠군요."

"편할 대로 하시지요."

유하진 대위는 카미엘에게 군 신분증을 건넸다.

"앞으로 저희에게 연락만 주시면 전군 어느 부대라도 통과할수 있습니다. 작전지역에 가면 패용하고 다니시면 됩니다."

"고맙습니다."

그는 카미엘에게 신분증을 건네주면서 사진 한 장을 건넸다.

"이것도 좀 받아주세요."

"이건 또 뭡니까?"

"사진입니다."

"알아요. 그런데 외간 여자의 사진을 왜 저에게 주시는 건가요?"

유하진이 멋쩍게 웃었다.

"하하, 그게 말입니다. 제가 사실은 중매를 서게 되었는데, 마땅히 소개시켜 줄 남자가 없지 뭡니까? 그래서 소장님께 부탁을 좀 드리려고요."

"중매라면……."

"말 그대로입니다. 상대편은 36세, 이혼녀에 아이는 없습니다. 직업은 사업가, 취미는 운동과 레고 조립이라고 합니다. 이 여자를 만나서 마음에 들면 계속 만남을 이어나가는 거고 그게 아니면 그냥 돌아오시면 되는 거죠."

그는 실소를 흘렸다.

"하하, 참. 저 여자가 뭐가 아쉬워서 애 딸린 홀 할아비를 만나려 하겠습니까?"

"이미 말해두었습니다. 아내와는 사별했고 일찍 아이를 낳아 그 아들이 또 일찍 아이를 낳았다고요. 그래서 슬하에 쌍둥이 손자 손녀가 있다고 말입니다."

"허어, 그런 말씀까지 하셨습니까?"

"죄송합니다. 저도 워낙 급해서 말이죠. 제가 그쪽에게 빚을 진 것이 있어서 저도 모르게 그만……."

유하진은 카미엘에게 연신 고개를 숙였다.

"죄송합니다! 만약 마음에 안 드신다면 저를 때려죽이십시오!"

"아, 아니, 그렇게까지 할 일은 아니고……."

"무릎이라도 꿇을까요?!"

아무리 카미엘이 맺고 끊는 것이 확실한 사람이라고 해도 그렇게까지 냉혈한은 아니다.

그는 너털웃음을 지었다.

"하하, 그만 하십시오. 누가 보겠습니다."

"누가 보면 어떻습니까? 군인이 무릎을 꿇을 수도 있는 거지."

"뭐, 아무튼 시간이 되면 한번 만나보겠습니다."

"오오! 정말이십니까?"

"대신 조건이 하나 있어요."

"말씀만 하십시오! 제가 별이라도 따다 드리겠습니다!"

"별은 됐고, 제가 데리고 있는 저 아이의 신분 하나만 부탁합시다."

"신분이요?"

"아주 특별한 재능을 가진 아이인데 용병 일을 하고 싶어합니다. 저는 학교에 보내고 싶은데 말이죠."

"그러니까 용병 신분을 가졌으면서 학생 신분까지 함께 만들어야 한다는 소리죠?"

"역시 두뇌 회전이 빠르시네요."

유하진은 자신의 마음대로 중매를 주선했으니 상대방이 원하는 것 한 가지는 들어줄 수 있다고 생각했다.

"좋습니다. 그리 어려운 일도 아닌데요, 뭐."

"고맙습니다. 중매는 빠른 시일 내로 나가보겠습니다."

"하하, 오히려 제가 더 고맙죠!"

이제 리나는 새로운 신분을 갖게 될 것이다.

*　　　　*　　　　*

며칠 후, 리나에게 새로운 신분이 만들어졌다.

현재 그녀의 나이에 맞춰서 카미엘의 여동생으로 신분이 생성된 것이다.

그녀는 카미엘에 가져다 준 호적등본을 훑어보았다.

"여동생? 이름이 김리나?"

"사회에선 성씨가 생각보다 중요해. 혼자 산다는 것보다는 남매라는 설정이 훨씬 나을 거야."

"하지만 아는 사람은 다 알잖아?"

"모르는 사람은 모르니까."

"하긴."

"아무튼 내일부터 학교에 나가면 된다."

"학교? 나는 용병 생활을 계속할 생각이라니까."

"알아. 하지만 일단 신분이 생겼으니 학교에 갈 수 있어. 내일 한번 등교해 보고 결정하는 것은 어때?"

"거참, 쓸데없는 짓을 하는군. 내가 학교를 나와서 무슨 부귀영화를 누리겠다고."

"17년 인생에 이렇다 할 추억거리가 없다는 것은 참 불행한 일이다. 학교에 가서 추억이나 좀 쌓고 와. 용병 생활은 일이 있을 때만 하면 되는 것 아닌가?"

"흠……."

"어때?"

그녀는 떨떠름하지만 카미엘의 말에 따르기로 했다.

"뭐, 네가 말하는 것이니까 한번 들어보기나 할게."

"잘 생각했다."

"다만 내가 마음에 들지 않으면 다시는 학교고 뭐고 나가지 않을 거야."

"마음대로 해라. 학교를 나가든 말든, 폭파를 시키든."

이제 그녀의 신분과 교육권까지 생겨났으니 카미엘이 약속을 지킬 차례였다.

다음 날, 카미엘은 충북 진천으로 향했다.

고속도로가 중간에 막혀 통행이 금지되었으나 어차피 카미엘은 그 위험지역으로 들어갈 사람이다.

그가 고속도로를 타고 내려간다고 해도 딱히 막는 사람은 없었다.

대략 네 시간 후, 카미엘은 작전지역에 도착하였다.

꾸우, 꾸우.

멀리서 요상한 괴물 소리가 들려오고 있다.

이렇게 가까이서 몬스터의 울음소리가 들려온다는 것은 지하에도 놈들의 거처가 있다는 소리였다.

"도로의 지하 시설물까지 놈들에게 점거당한 모양이군. 꽤 오래되었겠는데?"

카미엘이 차에서 내려 천천히 작전지역을 둘러보고 있을 무렵, 방호복에 안전모를 쓴 여자가 다가왔다.

"김두이 씨 맞죠?"

"예, 그렇습니다."

"반가워요. 새롭게 총괄이사로 부임하게 된 성혜민이라고 합니다."

카미엘은 얼굴에 아주 작은 자상이 있는 그녀가 누구인지

어렴풋이 알 것 같았다.

그녀는 얼마 전에 정신병원에 입원하여 치료를 받던 그녀가 분명했다.

"의외입니다. 저는 당신이 아직 회복 중인 것으로 알고 있었는데요."

"다들 그렇게 생각하시지만 저는 이미 회복이 끝났습니다. 얼굴도 나중에 자가진피를 이식해서 새롭게 만들어볼 생각이고요."

"그렇군요. 씩씩해서 보기 좋습니다."

"고마워요."

그녀는 사실 지금 이곳에 서 있는 것조차 힘들 정도로 다리가 후들거리고 있었다. 그렇지만 그녀는 초인적인 인내심으로 그것을 감내하고 있었다.

카미엘은 그녀가 자신의 굴레를 받아들이고 스스로 강해지기로 마음먹었다는 것을 어렵지 않게 알 수 있었다.

'그래, 비 온 뒤에 땅이 굳어지는 법이지.'

이제 그녀는 카미엘을 데리고 몬스터가 직접 출몰하는 지역으로 향했다.

성혜민은 카미엘과 함께 작전지역을 시찰하는 중이다.

카미엘은 이곳을 돌아다니면서 당장 며칠 내로 투입하여 작전을 수행할 수 있도록 자세히 메모하고 있었다.

"고속도로가 아직 뚫려 있다면 퇴로는 확보된 셈이군요."

"안전을 위해서 입구를 봉쇄하긴 했지만 만약 퇴각한다면 충분히 목표한 바를 이루실 수 있을 겁니다."

"흠, 그렇다면 이제 남은 것은 과연 철도와 지하 시설에 얼마나 많은 몬스터가 거주하고 있느냐 하는 것입니다. 제아무리 전문가라도 지하에서 봉쇄당해 버리면 답이 없어요. 그대로 죽는 겁니다."

"상당히 위험하군요."

그는 고개를 저었다.

"뭐, 다른 작전에 비해 위험한 것은 아닙니다. 그렇게 따지면 이 세상에서 용병 생활을 할 수 있는 사람은 아마 없을 겁니다."

"그건 그렇지만……."

카미엘은 성혜민에게 이번 의뢰에 대한 조건에 대해 물었다.

"뭐, 아무튼 일은 언제나 힘든 것이니 보수에 대한 얘기나 해보죠. 그래야 팀을 꾸리기 수월하거든요."

"조건은 이와 같습니다. 선금으로 5억, 나머지 성공 보수로 10억이 지급됩니다."

"좋습니다. 당장 팀원을 꾸려서 금방 해치우고 돌아가겠습니다."

"사냥은 언제쯤 시작할 수 있을까요?"

"용병단이 조직되면 곧바로 시작합니다. 대략 이삼 일이면 시작할 수 있겠네요."

"잘 알겠습니다. 그때까지 기다리고 있을게요."

"그럼 삼 일 후에 봅시다."

카미엘이 돌아서자 그녀는 한껏 묵혀놓은 긴장의 끈을 풀었다.

"휴우, 죽는 줄 알았네."

그녀는 총괄이사로 부임한 후 첫 임무를 완수하기 위해서 불철주야 뛰어다니는 중이었다.

이번 아공간 사건은 여러 회사뿐만이 아니라 정치적인 문제까지 겹쳐 있어서 상당히 중요하다고 볼 수 있었다.

민자고속도로를 뚫을 당시, 여당과 야당은 이곳에서 첨예하게 대립하고 있었다.

야당은 이곳 진천의 교차로에 새로운 도로를 뚫어 안전성과 교통 체증 해소의 두 가지 시너지를 발휘할 수 있다고 주장하였다.

하나 여당은 이곳이 점령당하게 되면 가장 중요한 중부고속도로와 호남선이 막히게 됨으로 차라리 우회 고속도로를 뚫는 것이 낫다고 주장하였다.

더더욱 중요한 고속도로 굴착에 대한 비용 문제가 나왔을 때 야당은 민간 자본으로 도로를 뚫을 수 있다고 호언장담하였다.

이때 야당의 인맥이 총동원되어 대한민국 최고의 건설회사인 태영건설을 끌어들이게 된 것이다.

이윤을 좇아서 건물을 올리는 태영건설로선 입찰에 참여하지 않을 수 없겠지만, 그로 인해 지금처럼 정치판 한가운데에

끼어버린 상황에 놓인 것이다.

만약 지금 민자고속도로가 계속해서 이와 같은 상황에 놓인다면 분명 태영건설은 정치적인 희생양이 될 수도 있을 터였다.

가뜩이나 세대교체가 이뤄지고 있는 지금 이 일이 터져 버렸으니 어떻게든 사태를 수습하는 것이 먼저였다.

군부가 이번 사건에 깊이 개입하지 않겠다고 선언한 것도 이와 같은 문제가 겹쳐 있었기 때문이다.

그나마 군부가 적당한 해결사를 끼고 있었기에 망정이지, 그렇지 않았다면 또다시 사면초가에 몰릴 뻔했다.

"후우, 쉬운 일이 하나도 없구나."

얼굴에 자상까지 입어가면서 경영권을 지키고 나니 이제는 정치적 문제에 엮여 홍역을 치르게 생겼다.

그녀는 자신이 갈 길이 아직도 한참이나 멀었다고 생각했다.

* * *

전라남도 목포로 세 명의 용병이 모여들었다.

최현주는 이번 작전에 두 명의 용병을 더 모집해야 한다고 주장했다.

"장갑차와 탱크를 지원 받지 않으면 말짱 꽝이야. 들어갔다가 다 죽을 수도 있다고."

"흠, 그렇다면 용병이 아니라 군인을 끌어들여야 한다는 소리야?"

"민간에도 장갑차나 탱크를 모는 용병이 있어. 비록 그 임대료가 좀 비싸긴 하지만 말이야."

군부대의 작전 반경을 용병들이 커버하다 보니 그들이 사용하는 장비를 대여하거나 민간 군수 업체에서 개인적으로 사들이는 경우가 빈번해졌다.

용병들이 장갑차나 전차를 산다는 것은 생각보다 쉬운 일이 아니기 때문에 대부분이 사설 업체에서 렌탈을 해서 사용하곤 했다.

카미엘은 이영훈에게 장갑차 전문가에 대해서 물었다.

"이에 적당한 사람이 있을까?"

"내가 아는 차량 전문가가 있어. 그는 장갑차와 전차를 운용하고 수리할 수 있는 전문적인 지식을 가지고 있지."

"오케이, 그 정도면 됐어."

"하지만 장갑차는 어떻게 하게?"

카미엘은 용병단의 이름으로 장갑차와 탱크를 구매하기로 했다.

"듣자 하니 군수 업체에서 가끔 렌탈한 장비를 싼값에 내놓기도 한다던데, 그곳을 통하여 장비를 마련하기로 하지."

"자금은?"

"내가 출자한다."

"그렇지만 돈은 똑같이 나누잖아?"

"내 이름을 걸었다. 그러니 내가 돈을 지불하는 것이 마땅하지. 더군다나 용병들은 개인적인 사정에 의해서 움직이는 사람들 아닌가? 평생 죽을 때까지 이곳에 몸을 담을 것이라면 돈을 보태도 좋고."

"후후, 그건 그러네."

"아무튼 지금 당장 필요한 것은 장비를 다룰 수 있는 전문가야. 그를 수소문해 보자고."

"알겠어."

카미엘은 군부대를 통하여 민간 군수 업체를 알아보기로 했다.

*   *   *

유하진 대위는 카미엘에게 믿을 만한 군 장비 알선 업체를 소개해 주었다.

이곳에선 용병들이 사용하던 장비는 물론이고 군에서 사용하던 장비까지 중개하여 옥션 형식으로 판매했다.

그렇기 때문에 신뢰도가 높고 장비들이 다양하며 그 질이 매우 우수한 편이었다.

다만 판매 대금에서 일정 수수료가 발생하기 때문에 물건 값이 5~10% 정도 비싸다고 볼 수 있었다.

그러나 비전문가가 물건을 구매하기엔 이보다 더 좋은 방법이 없었다.

카미엘은 월요일 오전부터 열린 군 장비 옥션에 참가하였다.

이번 입찰에서는 방탄트럭과 장갑차, 개조 전차가 눈에 띄는 품목이었다.

웅성웅성.

강원도 횡성에서 열린 이번 옥션에는 총 50명의 업자가 참가하였다.

—자, 그럼 입찰을 시작하겠습니다. 오늘의 경매 제1번 물건입니다. 보시다시피 이스라엘에서 사용하던 차륜형 장갑차이고 전천후 전투 시스템이 전부 장착되어 있습니다. 겉면은 원래 강철 방탄 소재였지만 용병들이 수입해서 몬스터 뼈 합금으로 개조하였습니다. 옵션으로는 열상감지 카메라와 적외선 레이더가 있습니다. 물건의 시작 가는 21억 2천입니다.

험비를 사용할 수 있는 사람이 그리 많지는 않지만 그 안에 달린 장비들이 워낙 고가라서 가격이 만만치 않았다.

하지만 한 번 구매하고 나면 평생을 사용할 수 있을 테니 카미엘은 과감하게 입찰하였다.

"11억 3천."

—네, 11억 3천 나왔습니다!

"11억 4천!"

—뒤에 44번 손님, 11억 4천 나왔습니다! 또 없으십니까?

"11억 5천이요!"

—11번 손님, 11억 5천이요!

입찰은 천 단위로 아주 빠르게 올라갔다.

'천만 원은 돈도 아니로군. 이것 참.'

그는 자신이 할복장에서 일하면서 푼돈을 만졌을 때를 상기했다.

그때에는 하루에 만 원 더 벌겠다면서 아등바등 노력했는데, 지금 이곳에 와보니 돈이 뭔가 싶다.

카미엘은 타이트하게 가격을 후려쳤다.

"11억 6천 5백!"

─천오백 뛰었습니다! 더 입찰하실 분 안 계십니까?

몬스터 사냥이 끝나면 나오는 사례비는 수렵의 극히 일부분에 불과하다.

사냥에서 얻는 몬스터 코어의 가격은 아무리 적게 잡아도 개당 300만 원, 크기에 따라서는 개당 1억을 호가하는 물건도 있었다.

더군다나 지금까지 카미엘이 다닌 사냥터는 그야말로 노다지였기 때문에 그 수익금이 엄청났다.

예전이라면 몰라도 지금의 카미엘에게 이 정도 돈은 그리 큰 금액도 아니었다.

더군다나 장갑차의 외피가 몬스터 뼈 합금이라는 것이 엄청난 메리트였다.

결국 첫 번째 경매품이 카미엘에게 낙찰되었다.

─17번 손님, 낙찰 축하합니다!

카미엘은 장갑차의 번호표를 전달 받았다.

─낙찰 받은 상품은 경매가 끝난 후에 돈을 지불하시고 찾아가시면 됩니다. 감사합니다.

그는 계속해서 경매에 참가하였다.

두 시간 후, 경매에 카미엘이 원하는 모델이 나왔다.

―경매 번호 21번 물건입니다. 대한민국 육군의 K―2전차에 몬스터 뼈, 가죽 합금으로 내부를 강화시킨 모델입니다. 또한 포신과 엔진, 무한 궤도 장치 역시 몬스터 뼈로 합금하여 성능을 높였지요 지상 타격 능력과 지대공 능력 역시 현존하는 시스템 그대로 도입되었습니다.

개조 전차는 용병들이 육군 자원인 전차를 사설 업체에서 사들여 개조한 것인데, 그 가격이 생각보다 만만치 않다.

―이번 물건의 경매 시작 가는 40억입니다.

몬스터 토벌전에서 전차의 메리트를 생각하면 그리 큰 금액은 아니지만 사설 용병단이 아닌 무기 중개업체가 사들이기엔 리스크가 너무 크다는 것이 일반론이었다.

때문에 신차 가격 89억에서 거의 절반가량이 경매의 시작 가로 나왔는데, 쉽사리 푯말을 드는 사람은 없었다.

카미엘은 40억 5천만 원을 제시하였다.

"40억 5천!"

―17번 손님, 40억 5천 제시하셨습니다! 또 없으십니까?!

그는 자신이 5천만을 더 넣었으니 푯말을 드는 사람이 없을 것이라 생각했다.

무기 중개업자는 그야말로 중고 무기를 옥션에서 사들여 수리, 세탁 후 판매하는 사람들이기 때문에 1천만 원 차이가 상당히 크다고 볼 수 있었다.

하지만 카미엘의 예상은 보기 좋게 빗나가고 말았다.

"45억."

─45억! 값이 많이 올라갔습니다! 전천후 4세대 전차 K─2의 업그레이드 개조 모델입니다! 45억에서 돈을 더 쓰실 분 없으십 니까?!

카미엘은 고개를 돌려 입찰에 참여한 사람을 바라보았다.

그는 햇살처럼 아주 밝은 색의 백금발을 가진 미중년이었는 데, 나이가 꽤 들었음에도 불구하고 몸매에 군살이 하나도 없 었다.

'사설 용병단인가?'

사설 용병단이 한국에 없는 것이지 외국에는 생각보다 흔하 기 때문에 물건을 구하려 한국까지 왔을 수도 있는 일이다.

그는 경매 책자를 다시 한 번 들여다보았다.

대분류 : 전차

소분류 : 개조 전차

물량 수 : 1개

카미엘은 난감한 표정을 지었다.

'이런, 물건이 이것 하나뿐이네?'

그는 고민하지 않을 수 없었다.

장갑차만으로 작전을 수행할 수 있을지 없을지 확신할 수 없는 상황에서 물건을 놓치면 낭패를 볼 수도 있었다.

　결국 그는 조금 무리를 해보기로 했다.

　'어차피 돈은 또 벌면 되는 것.'

　그는 푯말을 들었다.

　"46억."

　─46억 나왔습니다!

　사회사가 카미엘의 입찰 가격을 말하자 곧바로 중년이 푯말을 들었다.

　"47억."

　─47억!

　카미엘은 결국 될 대로 되라는 식으로 푯말을 들었다.

　"50억."

　─50억! 50억이 나왔습니다! 더 없으십니까?!

　중년이 카미엘을 바라보며 살며시 웃었다.

　씨익.

　"……?"

　"60억."

　─60억! 개조 전차, 60억 나왔습니다! 더 이상 손드실 분 안 계십니까?!

　카미엘은 고개를 절레절레 흔들었다.

　'오늘은 날이 아닌 모양이군. 차라리 새 차를 한 대 뽑아야겠어.'

그는 손을 내렸다.

쾅쾅!

―낙찰! 54번 손님, 낙찰입니다!

카미엘은 씁쓸한 얼굴로 손뼉을 쳐주었다.

짝짝짝짝!

*　　　　*　　　　*

그날 오후, 카미엘은 장갑차의 탁송비와 입찰 수수료를 지불하고 물건을 수령하였다.

그는 한숨을 푹 내쉬었다.

"흐음, 이 정도면 괜찮겠지?"

카미엘은 이곳에서 장갑차를 구매하여 엔진을 개조하고 전체를 마도학 장비로 무장시킬 생각이다.

만약 그가 생각한 만큼만 물건이 나와 준다면 전차는 필요가 없을지도 모른다.

하지만 그는 자꾸만 개조 전차가 눈에 밟혔다.

"쩝, 아까운 물건이었는데……."

전차와 장갑차가 함께 다니면서 전술을 펼치게 된다면 분명 조금 더 수월하게 일을 끝마칠 수 있을 것이다.

그렇지만 이미 떠나간 버스는 돌아오지 않는다.

그는 탁송할 주소를 발록 용병단 사무실로 해놓고 돌아섰다.

다음 날, 카미엘은 용병단 사무실 앞마당으로 배달된 전차를 바라보며 고개를 갸웃거렸다.

"어라? 탁송이 잘못된 것 아닙니까?"

"아니요. 이곳으로 온 것이 맞습니다. 이곳이 용병단 발록 아닙니까?"

"맞긴 합니다만……."

"이런 사람이 선물로 보내셨습니다."

카미엘은 탁송 기사가 건넨 명함을 받았다.

실버 나이프 사무장 다니엘 이스트힐

"뭐야, 이게?"

명함을 받은 카미엘이 연신 고개를 갸웃거리자, 곁에 있던 최현주가 그를 도와주었다.

"실버 나이프? 이건 유엔에서 조직한 용병단 이름 아니야?"

"유엔에서 용병단을 조직해?"

"요즘 몬스터에 대한 문제가 전 세계로 퍼져 나가면서 용병단이 조직되었다고 하더군. 그런데 이 용병단이 워낙 실력이 좋아서 유엔 평화유지군에서 수렵 말고도 꽤 많은 일을 의뢰한다고 하더라고. 그래서 지금은 전천후 용병단이 되어버렸지."

"그게 실버 나이프다?"

"그렇지."

카미엘은 다니엘이라는 이 사람이 어제 본 그 미중년이라는 사실을 어렴풋이 알 것 같았다.

"그나저나 무슨 탱크를 선물로 준대?"

"나도 잘 몰라. 왜 이런 물건을 준 거지?"

탁송 기사는 카미엘에게 탱크의 스마트키와 쪽지 한 장을 건넸다.

"이것을 전해달라고 하셨습니다. 그럼 저는 이만⋯⋯."

카미엘은 그가 건넨 쪽지의 내용을 확인해 보았다.

횡성 한우마을 한우플라자호텔 1001호.

그는 이것이 만남을 암시하는 것임을 어렵지 않게 알 수 있었다.

"호텔에서 만나자는군."

"갈 거야?"

"탱크를 보냈는데 얼굴은 비춰야지. 만약 공짜로 준 선물이 아니면 반납해야 하기도 하고."

"그래? 그럼 같이 가."

두 사람은 당장 횡성으로 향했다.

제9장

유엔의 용병 부대
실버 나이프

횡성 한우플라자 10층 객실로 카미엘과 현주가 도착했다.

똑똑.

문을 두드리자 머리를 멋지게 넘긴 미중년이 걸어나왔다.

"오셨군요."

"당신이 다니엘입니까?"

"예, 그렇습니다. 실버 나이프의 사무장을 맡고 있지요."

그는 두 사람을 객실 안으로 안내하였다.

"누추합니다만, 일단 들어오시죠."

"고맙습니다."

객실 안은 아주 깔끔하게 정리 정돈이 되어 있었는데, 아무래도 이곳에 사람이 들어온 지 얼마 안 된 것 같았다.

그는 카미엘에게 담배를 권했다.

"듣기론 애연가라고 하더군요."

"저를 어떻게 아십니까?"

"듣는 귀가 있다면 당신의 활약상에 대해 전해 들을 수밖에 없지요."

"혹시 아공간 기술자들이······?"

"맞습니다."

저번 삼척 토벌전에 파견된 아공간 기술자들이 카미엘에 대한 얘기를 한 모양이다.

"대단하시더군요. 자이언트 웜을 쓰러뜨렸다고 하던데."

"제가 쓰러뜨린 것이 아닙니다. 포병 화력에 맞아서 죽었죠."

"그래도 결정타는 당신이 날린 것으로 압니다. 이렇게 말입니다."

그는 카미엘에게 사진을 한 장 건넸는데, 그 사진에는 그가 창을 던지는 모습이 나와 있었다.

"···몰래카메라는 불법입니다."

"알아요. 불법이긴 하지만 그럴 만하니까 그런 겁니다."

다니엘은 카미엘에게 마영시티에 대한 얘기도 속 시원히 꺼내놓았다.

"사실 삼척에서의 일만 해도 그다지 놀라지는 않았습니다만··· 마영신도시에서의 일은 정말로 놀라움 그 자체였습니다. 설마하니 그 아공간들을 정말 다 처리해 내실 줄은 꿈에도 몰랐거든요."

"운이 좋았을 뿐입니다."

"뭐, 운도 실력이니까요."

카미엘은 다니엘이 자신에게 탱크를 선물한 이유에 대해서 물었다.

"다 좋습니다. 제가 뭘 어떻게 했든 상관이 없단 말입니다. 그런데 왜 저에게 탱크를 선물하신 겁니까?"

"뇌물이죠."

"…뇌물에 60억이나 씁니까?"

"원래는 그보다 더 싼 가격에 살 수도 있었지요. 하지만 당신에게 주는 선물이라 일부러 돈을 더 쓴 겁니다."

"도대체 무엇 때문에요?"

"입단비라고 해두죠."

"……?"

"이것을 좀 봐주십시오."

카미엘이 받은 것은 몇 장의 사진이었다.

사진 속에는 마나스톤이 설치된 아공간과 그것을 만들어낸 사람의 얼굴이 담겨 있었다.

"이놈은……."

"가칭 '괴도'라고 불리는 놈입니다. 아공간을 만들어내는 이상한 능력을 가졌습니다만, 놈의 정체에 대해선 알려진 것이 전혀 없지요."

"하지만 이놈은 이미 죽었습니다. 제가 죽였거든요."

"알아요. 한국에서 발견된 놈의 시신 일부를 유엔 조사단이 찾아냈습니다. 하지만 그것은 클론에 불과했습니다."

"클론이요?"

"괴도는 전 세계 30개국에서 동시다발적으로 아공간을 만들어냅니다. 우리 실버 나이프의 조사단이 놈들에 대한 정보를 캐다 보니 동시에 열 개 국가에서 같은 얼굴을 한 사람이 나타났다고 보고되었습니다. 그때 우리는 놈에게 클론이 있다는 사실을 처음 접했지요. 그 이후로도 놈은 클론을 자주 이용했습니다. 심지어는 선생님처럼 죽여놓고도 며칠 후에 같은 놈에게 봉변을 당하는 일도 있었지요."

"어쩐지……."

만약 놈이 클론을 사용했다면 그 자리에 영혼이 없던 것도 모두 다 설명이 된다.

"결국 놈은 내가 죽인 것이 아니라 그냥 허수아비 하나를 잃은 것뿐이군요."

"그런 셈입니다."

"허어!"

"아무튼 놈은 지금 전 세계를 발칵 뒤집어놓고 있습니다. 어서 빨리 사태를 진정시키지 않으면 대혼란이 야기될 겁니다. 그 전에 놈을 막아야 합니다."

카미엘은 이 사람이 왜 굳이 60억이나 되는 탱크를 자신에게 선물했는지 조금은 이해가 되었다.

그는 미소를 지으며 말했다.

"어때요? 함께 일해볼 생각이 있습니까?"

"하지만 저는 이미 소속이 있습니다."

"압니다. 그러나 우리 역시 대한민국 육군과 같습니다. 용병단에 가입은 되어 있지만 전속으로 귀속되어 일을 하지는 않습니다. 그게 우리의 철칙이지요."

"그렇군요."

"만약 우리 용병단에 가입하게 된다면 주로 동북아시아에서 일어나는 일을 처리하게 되실 겁니다. 그에 대한 사례는 분명히 할 것이고요."

"놈을 잡는 일은 어떻게 분담합니까?"

"실버 나이프는 기본적으로 모두에게 공동된 목표를 제공합니다. 이를테면 괴도와 같은 놈들의 척살이지요. 이런 공동 목표물을 가지고 있다는 것이 소속감을 갖게 합니다. 또한 그로 인해 인류의 적이 하나씩 사라져 가는 겁니다."

"공동된 목표를 나누어주고 그와 관련된 일들을 배정해 주는 것입니까?"

"대부분은 그렇습니다만, 그렇지 않을 때도 있지요."

카미엘은 깊은 고민에 빠졌다.

"흠, 고민이 좀 되네요. 취지는 좋습니다만 제가 대외적으로 나서는 것을 별로 안 좋아해서요."

"대외적으로 나설 것 없습니다. 두이 씨가 실버 나이프라는 것은 이 세상 사람 아무도 모를 테니까요."

"익명을 원한다면 보장을 해주겠다?"

"아니요, 오히려 그 반대입니다. 원래는 익명이지만 원한다면 대외적으로 명함을 파주고 간판을 세워줄 수도 있습니다. 본인이 원한다면요."

그는 다니엘의 조건이 썩 나쁘다곤 생각하지 않았다.

하지만 그런 그에게 다니엘은 또 다른 조건을 제시하였다.

"그리고 또 한 가지, 우리는 꽤 고급 정보를 공유합니다. 이번 작전, 아마 쉽지는 않을 겁니다."

"그게 무슨 뜻입니까?"

"지금 제가 알려드릴 수 있는 것은 여기까지입니다."

카미엘은 조금 찜찜한 마음이 들었다.

그런 그에게 현주는 중심을 잡을 수 있도록 도와주었다.

"내키지 않으면 안 하면 그만이야. 당신이 하고 싶은 대로 해."

"일의 성공 보수가 큰데? 장비도 이미 구했고."

"그래도 당신의 의중이 가장 중요한 거야."

그는 자신을 믿어주는 현주의 마음을 외면할 수가 없었다.

"뭐, 좋습니다. 실버 나이프에 들어가도록 하지요."

"진심입니까?"

"남아일언중천금, 한 번 내뱉은 말은 낙장불입입니다."

다니엘은 카미엘에게 팔찌를 하나 건넸다.

"환명합니다. 우리 실버 나이프의 일원이 된 것을 진심으로 환영하는 바입니다."

"고맙습니다."

"하지만 실버 나이프는 용병단을 아우르는 조합과 같은 곳입니다. 일을 줄 때에 팀 단위로 임무가 떨어지지요. 저 옆에 계신 분은 철새인가요, 텃새인가요?"

"글쎄요. 당신들 하기 나름이겠죠."

"하하, 뭐 좋습니다. 어차피 이번 작전이 끝나고 나면 우리와 함께 일하는 것이 꼭 나쁜 것만은 아니라는 것을 깨닫게 될 테니까요."

그는 두 사람을 호텔 지하 술집으로 이끌었다.

"내려가서 한잔합시다. 얘기가 좀 길어질 것 같네요."

"그럽시다."

두 사람은 다니엘을 따라 지하로 향했다.

*　　　*　　　*

횡성 한우플라자호텔 지하에 잔잔한 재즈 음악이 흐른다.

빰빠바바밤~

다니엘은 카미엘과 현주에게 술을 한 잔씩 돌렸다.

"정식으로 제 소개를 하죠. 저는 실버 나이프의 사무장이자 유엔 재난 관리 본부 소속 다니엘 이스트힐이라고 합니다. 현재 유엔 재난 관리 본부에서 몬스터와 아공간에 대한 연구를 담당하고 있으며, 실버 나이프에서는 그 지식을 토대로 각 사건 사고마다 그에 필요한 인력들을 파견하는 역할을 하고 있지요."

"그렇다면 몬스터 박사라고 봐도 무방하겠군요?"

"원래는 생체공학을 전공한 사람입니다만, 불의의 사고로 이 길을 선택하게 되었죠."

"불의의 사고라… 어떤 면에선 사고가 인생의 터닝 포인트가 되기도 하는군요."

"후후, 정말 그렇습니다. 저 스스로도 이 바닥에 발을 들여놓을 줄은 꿈에도 몰랐는데 들여놓고 보니 꽤 유망 직종입니다. 나중에 유엔에서 은퇴해도 데려가겠다고 줄을 선 회사가 한둘이 아닙니다."

"노후는 아주 탄탄하게 보장된 셈이군요?"

"후후, 그게 저의 가장 큰 자랑이라고 할 수 있겠지요."

그는 자신의 소개를 마친 후 카미엘 일행이 수행할 임무에 대해 얘기했다.

"이제부터 일 얘기를 좀 하겠습니다."

"바라던 바입니다."

다니엘은 카미엘에게 보고서 한 뭉치를 건넸다.

파멸의 고리

"이게 뭡니까?"

"한번 읽어보시죠."

마치 소설의 제목 같기도 한 이 보고서에는 실로 놀라운 내용이 기술되어 있었다.

파멸의 고리는 환태평양 조산지대를 말하는 불의 고리처럼 아공간에도 이런 비슷한 개념이 있다는 학설이다.

아공간은 전 세계적으로 빠르게 확산되고 있는데, 그중에서도 가장 거대한 아공간이 형성되는 지점이 따로 있다는 것이다.

"학자들은 이를 파멸의 고리, 혹은 비스트 포인트라고 부르지요."

"비스트 포인트라……."

"이곳에선 지금까지 우리가 알지 못한 새로운 종류의 몬스터들이 소환되어 나옵니다. 최근에는 공간을 마음대로 주무르는 큐브형 몬스터도 발견되었습니다. 놈들은 공간의 뒤틀림 현상을 무기로 삼고 있습니다. 그 파괴력이 상상을 초월할 정도지요."

"흠……."

"그런데 이 파멸의 고리가 문제가 되는 것은 비단 몬스터만이 아닙니다."

그는 카미엘에게 또 다른 보고서를 한 장 건넸다.

아공간 확장에 대한 가설

보고서에 따르면 파멸의 고리가 한 번씩 진동할 때마다 주변의 아공간이 점점 더 늘어난다는 가설이었다.

"괴도가 왜 우리의 제일 적이 되었냐 하면 바로 이 아공간 확장에 대한 가설 때문입니다. 놈이 최근 들어 파멸의 고리 주변에 아공간을 무더기로 소환시키면서 파멸의 고리가 자극을 받았습니다. 그래서 실제로 평년보다 대략 5% 많은 증가세를 보였지요."

"증가세가 꽤 큰데요?"

"그래서 문제라는 겁니다. 놈을 지금 잡아들이지 못하면 앞으로의 일이 어떻게 될지 아무도 모릅니다."

"그렇다면 반대로 파멸의 고리를 없앨 수 있는 방법은 없습니까?"

"파멸의 고리는 불의 고리처럼 아공간의 조산지대를 일컫는 말입니다. 그 원인을 찾을 때까진 이곳을 없앨 수가 없다는 소리죠."

"상당히 복잡한 문제군요."

다니엘은 카미엘에게 이번 임무가 바로 파멸의 고리 내에서 벌어지는 작전이라고 말했다.

"한국은 파멸의 고리 지대입니다. 그중에서도 마이너스 에너지가 가장 강한 곳이 두 군데 있는데, 한 곳은 전라북도이고 한 곳은 충청북도입니다. 한마디로 지금 당신이 가려는 그곳은 제1군 위험지역이라는 뜻이죠."

"저들 말에 따르면……."

"잘 모르니까요. 잘 모르니까 그냥 수렵 몇 번 해주면 될 것으로 안 겁니다. 파멸의 고리에 대해 아는 사람은 별로 없습니다. 설사 학설이 있다는 것을 알 수는 있어도 그것에 대해 심도 있게 논의하는 사람은 드물죠. 그만큼 몬스터가 우리 인류에게 필수적인 요소가 되었다고 볼 수도 있지요."

"몬스터는 상당히 양면적인 존재군요."

"그렇습니다. 또한 우리는 애초에 그들이 어떤 생명체인지조차 모르고 있습니다. 우리가 아는 것이라곤 그들이 괴물이고, 우리에게 이롭기도 하다는 것뿐입니다."

"으음."

"아무튼 이번 작전은 꽤나 위험할 것으로 예상됩니다. 만약 원하신다면 그쪽 클라이언트와 계약을 맺고 용병단을 파견해 드릴 수도 있습니다."

카미엘은 고개를 저었다.

"일단은 우리의 힘으로 해결을 지어보겠습니다. 만약 그래도 안 된다면 그때 가서 다시 얘기하시죠."

"그러시지요."

그는 술잔을 넘기며 말했다.

"어차피 실버 나이프의 중앙 기지로 당신을 초대하긴 할 겁니다. 하지만 그 초대가 작전 실패로 인한 것은 아니었으면 좋겠네요."

"고맙습니다."

카미엘과 현주는 그만 자리에서 일어나 다시 삼척으로 향했다.

* * *

다음 날 아침, 카미엘은 삼척에서 장갑차와 탱크의 엔진과 기타 포격 장비를 손보는 중이다.

엔진은 마나스톤으로 개조하여 연료의 부담을 없애 버렸고,

포격 장비에는 화력을 증강시킬 수 있는 마나부스터 체계를 도입하였다.

마나부스터는 자연계 현상을 한차례 격상시켜서 그 효과를 극대화시키는 시스템을 말한다.

이것을 실현하자면 상당히 고도화된 기계마도학적 지식이 필요한데, 카미엘은 그 지식의 최고봉에 오른 사람이라 할 수 있었다.

비록 마나서클에 타격을 입기는 했어도 그 지식은 흐려지지 않았기 때문에 이를 구축하는 것이 가능했던 것이다.

그는 장갑차와 전차의 시동을 걸어보았다.

끼리리릭!

드르르릉!

보통의 전차 엔진과는 다르게 아주 매끄럽고 조용한 소리가 나는 마나스톤 엔진은 이제 연료가 없이도 차가 갈 수 있도록 해줄 것이다.

카미엘이 이 전차와 장갑차의 시동을 걸어놓는 동안 장갑차 운전수와 전차 운전 담당 인원 세 명이 도착하였다.

그들은 군에서 전차로 혁혁한 공을 세웠으며 전차만 15년 동안 탄 베테랑 중의 베테랑이었다.

이들은 비단 전차만 운전할 줄 아는 것이 아니라 포병 지식과 침투 작전에 투입될 수 있도록 고도의 훈련을 거쳤다.

한마디로 전투에선 팔방미인이라는 뜻이다.

카미엘은 그들에게 먼저 인사를 건넸다.

"반갑습니다. 김두이입니다."

"말씀 많이 들었습니다. 좀 익사이팅한 임무를 좋아하신다면서요?"

"어쩌다 보니 그렇게 되었죠."

그는 이들에게 수익 배분에 대한 얘기를 꺼냈다.

"우리는 어떤 보직이든 간에 수익은 똑같이 나눕니다. 이의 있으신가요?"

"다 같이 고생하는데 그 정도는 당연한 일이지요."

"좋습니다. 그리고 또 한 가지, 엔진은 제가 독자적으로 개발한 것이니 어지간하면 건드리지 말았으면 좋겠습니다. 나머지는 제가 어쩔 수 있는 부분이 아니니 마음껏 뜯고 고쳐주십시오."

"알겠습니다."

카미엘이 이들과 조우하고 있을 무렵, 전투 장비와 물자를 가득 실은 트럭이 한 대 도착했다.

이영훈과 박달제가 싣고 온 전투 장비와 물자를 장갑차와 전차에 모두 옮겨 실었다.

포탄과 탄약, 수류탄, 총기, 박격포, 식량, 음료, 숙박 장비 등, 수렵에 필요한 모든 것이 장갑차에 나뉘어 실렸다.

"자, 이제 이것을 기차에 싣고 한번 가보자고."

"좋지."

새로 투입된 네 명의 용병이 카미엘에게 말 트기를 요청하였다.

"나이 차이가 좀 나는 것 같긴 한데, 말 트고 일합시다. 좋죠?"

"저로선 손해 볼 것이 없죠."

"좋아, 그럼 편하게 일해보자고."

카미엘은 의사, 저격수, 폭탄 제조 전문가, 베테랑 소총수 두 명, 전차용병 네 명, 그리고 변신술사 한 명을 데리고 격전지로 향했다.

*   *   *

군부대의 수렵 이동이 빈번해지면서 끊어진 철도가 다시 이어졌는데, 그중에서도 가장 최근에 복원된 것이 바로 삼척 노선이었다.

삼척역에서 군수물자를 싣게 되면 충청북도까지는 대략 세 시간에서 네 시간이면 도달하게 되어 있었다.

고속도로가 준공되지는 않았지만 기찻길이 산을 가로지르기 때문에 오히려 도로로 달리는 것보다 훨씬 나았다.

카미엘은 충북 진천역에서 장비를 내리고 이곳에서부터는 장갑차를 끌고 가기로 했다.

부아아아앙!

원래 최고 시속 80㎞이던 장갑차가 카미엘의 손을 거치면서 120㎞로 확 늘어났고, K—2전차 역시 최고 시속 70㎞이던 것을 110㎞까지 끌어올렸다.

이것은 엔진의 마력이 터무니없이 올라간 데다 과열 양상이 벌어지지 않기 때문에 가능한 것이었다.

전차와 장갑차 운전수들은 시속 90㎞로 도로를 내달리면서 감탄사를 연발했다.

—장비가 아주 우수하군.

—도대체 이런 엔진은 어디서 사오는 거지? 하여간 용병들의 튜닝 실력은 알아줘야 한다니까.

"살아남으려면 어쩔 수 없지. 내가 최첨단으로 바뀌는 수밖에."

—그래, 그게 정답이로군.

카미엘은 장갑차 차장석에 탑승한 채 전방을 주시하고 있었다.

그의 쌍안경 안에 작전지역의 표지판이 보인다.

"목적지 부근이로군."

—안내 방송을 종료해도 되겠어.

—레이더를 돌리겠다. 잠시 대기.

전차와 장갑차에 각각 내장된 레이더를 작동시키자 주변의 상황이 한눈에 들어왔다.

—다행히도 피라미들은 그리 많지 않은 것 같다. 다만 아공간의 크기가 생각보다 훨씬 더 큰데?

"아공간의 위치는?"

—고속도로 입구에 하나, 지하 구내식당에 하나, 그리고 하이패스 관리국 지하 주차장에 각각 하나씩 있다.

"그렇다면 가장 가까운 곳부터 공략하는 편이 좋겠군. 퇴로를 확보하자면 그게 가장 편하지 않겠어?"

―동감이다.

카미엘은 지도를 펼쳐 고속도로 입구의 정황을 다시 한 번 파악하였다.

고속도로 입구에는 몬스터의 돌진을 방어하기 위해서 쌓아둔 임시 방호벽과 진지가 일렬로 늘어서 있었다.

이곳을 전차로 깔끔하게 밀고 나간다면 아공간이 도사리고 있는 중앙 톨게이트를 돌파할 수 있을 것 같았다.

카미엘은 이곳에서 직사포로 아공간을 파쇄하기로 했다.

"전차, 파쇄탄 준비."

―입감.

위잉, 철컹!

전차의 자동화 사격 장치가 포탄을 장전시켰다.

카미엘은 쌍안경으로 포수에게 아공간의 정중앙을 타격할 수 있도록 지시하였다.

"포수, 아공간에 파쇄탄을 적중시킬 수 있겠나?"

―바람, 습도, 온도, 딱 좋다. 지금이 기회다.

"발사 준비!"

카미엘이 발사 준비를 끝마칠 때쯤 전차의 운전수가 잠시 대기를 외쳤다.

―잠깐, 잠깐! 잠시 대기!

"무슨 일인가?"

─뭔가 좀 이상하다.

"이상하다니?"

─쌍안경으로 아공간을 자세히 봐. 아공간 아래에 그림자가 있지 않나?

카미엘은 그의 말대로 아공간 아래에 있는 거무튀튀한 무언가를 자세히 관찰해 보았다.

그랬더니 그 모양이 원형으로 잘 형성되어 있다.

그는 햇빛의 각도를 파악해 보았다.

"…정말 이상하군. 해가 비스듬히 떠 있는데 어떻게 원의 형태가 되는 거지?"

─그리고 아공간의 그림자가 형성된다는 것 자체가 좀 미스터리하지 않나?

"흠, 듣고 보니 그렇군."

카미엘은 이영훈과 정도진을 데리고 아공간을 탐사해 보기로 했다.

"스나이퍼와 소총수, 함께 가보자."

─오케이.

두 사람을 데리고 장갑차에서 내린 카미엘은 아주 천천히 방패를 들고 전진하였다.

그는 MP5 기관단총을 방패 위에 올린 채 전방을 주시하였다.

"저격수."

─말해라.

"자네가 보기엔 어때?"

장갑차 위로 올라가 전방을 두루 살피고 있던 정도진이 그림자에 대한 분석을 말했다.

─그림자 말고 아공간을 자세히 봐. 공간의 일그러짐 현상이 어떤지.

"흠, 평소와 무슨 차이가 있나?"

─공간의 일그러짐 현상이 아주 연하다. 마치 아지랑이 같은 아공간의 일그러짐 현상이 아니고 꼭 홀로그램 현상 같다는 생각이 들지 않나?

카미엘과 이영훈은 그제야 그 차이점에 대해 느낄 수 있었다.

"으음, 정말이군."

"역시 저격수라 눈썰미가 대단하군."

─생명이 걸려 있으니까.

이제 그는 타깃을 그림자처럼 보이는 원으로 잡았다.

"그렇다면 저것을 한번 타격해 보도록 하자."

─알겠다. 그럼 그림자와 검은 구체를 번갈아 가면서 사격해 보겠다.

타앙!

저격수의 탄환이 아공간을 뚫고 나갔다.

핑!

─그림자가 맞는 것 같은데?

"희한한 일이군. 어쩜 이런 일이 벌어질 수가 있는 거지?"

"이 세상에는 이해하지 못할 일들이 너무 많아. 아공간의 속임수쯤이야 오히려 별것 아니지 않겠나?"

─후후, 그래. 자네의 말이 맞군.

카미엘은 전차의 곡사포를 아래로 내려 진짜 아공간을 타격하도록 지시하였다.

"자, 그럼 어서 끝내고 점심이나 먹으러 가자고. 이곳까지 오면서 제대로 먹지도 못했잖아?"

─하긴, 언제 먹을지 모르니 든든하게 먹어둬야지.

"전차, 사격 준비."

위이이이잉.

포신이 아래로 내려가 그림자를 조준하였다.

철컹!

바로 그때였다.

전차의 대공 레이더가 빠르게 반응하기 시작했다.

삐비비비빅!

─어, 어라? 하늘에서 뭔가 떨어져 내리는데?!

"뭐라고?!"

순간, 카미엘은 하늘을 올려다보았다.

피융!

그는 분홍색 빛줄기가 떨어져 내려 자신의 바로 앞에서 폭발을 일으키는 것을 목격하였다.

콰앙!

"크허억!"

"이 팀장!"

"쿨럭쿨럭!"

"괜찮아?! 다친 곳은 없나?!"

"폐, 폐가 너무 뜨거워!"

"주팔이! 주팔이!"

─알겠다! 지금 가고 있다!

주영태는 장갑차의 기관총좌에서 내려 이영훈의 상태를 재빨리 살폈다.

"폐에 약한 화상을 입은 것 같아! 어서 장갑차로 데리고 가서 치료해야겠어!"

"알겠어!"

장갑차에서 원터치 형 들것을 가지고 온 주영태는 그것을 펼쳐 이영훈의 옆에 가지런히 놓았다.

촤락!

"자, 하나, 둘에 드는 거야."

"오케이!"

"하나, 둘!"

두 사람이 힘을 합쳐 이영훈을 들것에 실었지만 분홍색 불꽃을 쏘아 보낸 괴물은 그들을 가만히 내버려 두지 않았다.

우우우웅!

─2차 포격이다!

"젠장!"

─이쪽에서 먼저 사격하겠다!

─전차, 사격 개시!

우웅, 철컹!

열화 몬스터 코어 개량 고폭탄이 장전되어 약실로 들어갔다.

─발사!

펑!

우라늄이나 텅스텐에 비해 비중이 약 300%가량 높은 열화 몬스터 코어는 고폭탄으로서의 가치가 상당히 높다고 볼 수 있었다.

이것으로 몬스터를 사격하게 되면 초대형 몬스터라고 해도 한 방에 팔다리가 잘려 나갈 수 있을 정도였다.

하지만 만약 이것이 적중하지 못했을 때엔 엄청난 후폭풍이 되어 돌아온다.

슈웅!

─뭐, 뭐야?! 빗나갔어?!

─아무래도 저놈 역시 저게 본체가 아닌 것 같아!

"젠장! 뭐가 어떻게 돌아가고 있는 거야?!"

목표물을 맞추지 못하고 날아간 포탄은 고속도로 한 부분을 초토화시켜 버렸다.

콰아아앙!

가뜩이나 강력한 포탄에 마나부스터 시스템까지 더해지니 가히 폭격 수준으로 폭발이 일어났다.

─대단한데? 포격 시스템을 개조한 건가?

"그렇다고 볼 수 있지!"

카미엘은 일단 부상자를 싣고 장갑차로 냅다 뛰기 시작했다.

"에라, 모르겠다! 일단 사람부터 살리고 보자!"

"좋은 생각이다!"

그는 전력으로 내달리면서 마법의 아공간에서 자폭 로봇을 줄줄이 소환해 냈다.

끼릭, 끼릭!

"놈의 지능을 한번 테스트해 보자. 저것에 어떻게 반응하는지 말이야."

자폭 로봇은 몬스터에게 닿는 즉시 터지기 때문에 지능이 좋은 몬스터라면 한 방 맞고 나면 그 대처 방법을 깨우치게 된다.

카미엘이 깔아놓은 자폭 로봇이 천천히 걸어가서 아공간의 본체로 예상되는 그림자에 부딪쳤다.

끼이잉!

쾅!

─마이너스 에너지가 화염에 반응하여 약간 일그러졌다!

"그래, 저게 본체가 맞다는 거야!"

잠시 후, 분홍색 불꽃이 다시 한 번 떨어져 내렸다.

피융!

그런데 이번에는 불꽃이 아주 얇고 작아서 겨우 로봇 한 대 터뜨릴 정도밖에 되지 않았다.

카미엘은 저것이 능동적으로 움직이고 있다고 판단하였다.

"머리가 좋다."

─어쩐지 몬스터가 별로 없다고 했더니 저런 괴물 같은 놈이 버티고 있었기 때문이군.

"일단 한발 물러났다가 다시 진격한다!"

─입감.

주영태와 카미엘이 부상자를 장갑차에 신자마자 후퇴가 시작되었다.

제10장
공간을
장악한 자

주영태의 발 빠른 대처 덕분에 이영훈이 목숨을 건져 다시 전투에 투입될 수 있을 정도가 되었다.

카미엘과 그 일행은 과연 저 분홍색 괴물을 어떻게 처리할 것인가에 대해 고민하지 않을 수 없었다.

"저놈, 과연 본체가 어디에 있는 것일까?"

"그림자일 수도 있고 아니면 다른 곳일 수도 있고."

"생각보다 복잡한 작전이군."

리나는 아공간을 만들어낸 놈의 하수인이었던 경험을 토대로 아이디어를 짜냈다.

"아공간은 어차피 몬스터를 내뱉기 위해서 존재하는 것 아니야?"

"그렇지."

"그렇다면 몬스터가 소환될 때까지 기다렸다가 그곳을 타격하면 되지 않을까?"

"오호라, 그것도 꽤 좋은 방법이로군."

최현주가 그녀의 의견에 반박하고 나섰다.

"하지만 소환되는 몬스터 역시 그림자라면? 그럼 더 헷갈리게 되는 것 아니야?"

"보통의 몬스터는 소환되자마자 제 구실을 할 수가 없어. 인간에겐 꽤나 치명적이지만 자기들끼린 제대로 진화도 안 이뤄진 피라미에 불과하거든. 그런 개체가 저런 고도의 책략을 구사할 수 있을 리가 없어."

"흠……."

"저런 아공간은 나도 처음이라서 뭐라 말하긴 힘들지만, 확실한 것은 저것들 역시 처음은 미미하다는 거야."

그제야 최현주도 그녀의 의견에 동의하는 듯했다.

"좋아, 그럼 자세한 작전의 개요는?"

"일단 저 핑크의 활동 반경이 어디인지 알아봐야 할 것 같지 않아? 그래야 대기를 하든 말든 하지."

"그래, 그것도 맞는 소리인 것 같군."

카미엘은 본진을 지킬 병력을 떼어놓고 네 사람으로 구성된 특작조를 편성하였다.

"좋아, 그럼 나를 포함해서 네 명만 저곳으로 가보자고. 어차피 이대로는 전진할 수 없으니 특성만 파악해 보는 거지."

"그럼 되겠군."

이번 특작조에는 카미엘, 최현주, 리나, 정도진이 포함되었다.

그들은 간단한 단독군장으로 무장한 채 격전지로 되돌아가기로 했다.

격전지인 톨게이트 전방 40미터 부근에 특작조가 도착하였다.

정도진은 적외선 센서로 전방을 주시하며 동료들에게 위험요소가 있는지 확인시켜 주었다.

―아직까지 전방에 이상은 없다. 하지만 하늘에서 갑자기 뭐가 떨어질지 모르니 경보기를 예의 주시할 수 있도록.

"입감."

개인용 공습 경보기를 가지고 오긴 했지만 이것이 얼마나 도움이 될지는 알 수가 없었다.

전술 보행으로 아주 천천히 전방으로 나아가던 카미엘은 톨게이트 전방 20미터 부근에 두 개의 분홍 불꽃이 둥둥 떠 있는 것을 발견하였다.

"저기 있군."

―저놈들, 저게 본체일까?

"그건 알 수 없지. 다만 한 방 맞으면 정말 쥐도 새도 모르게 골로 갈 수 있다는 것만은 분명해."

카미엘은 본진에서 가지고 온 열 감지기를 착용하였다.

찰칵!

열 감지기 센서를 작동시키자 아공간 주변에서부터 뿜어져 나오는 냉기가 보인다.

"마이너스 에너지가 위아래로 나오는데? 저거, 도대체 어디가 진짜인 거야?"

―정말 이대로라면 날 새겠군.

가만히 아공간을 바라보고 있던 리나가 카미엘에게 말했다.

"내가 몬스터로 변장해서 들어가 볼까?"

"뭐? 그게 무슨 뚱딴지같은 소리야?"

"저놈도 몬스터라면 몬스터끼리는 잘 잡아먹지 않으니까 죽지는 않을 거야."

"만약 그와 반대라면?"

"그거야……."

카미엘은 고개를 저었다.

"안 돼. 그건 너무 위험하다."

"하지만 그것 외엔 도무지 방법이 없어. 잘 알잖아?"

"흠……."

현주가 두 사람을 중재하였다.

"정 그렇다면 두이 아저씨가 뒤에서 달리다가 유사시엔 방패로 막아주면 될 것 아니야?"

"오오, 그런 방법이……!"

"하지만 손발이 잘 맞아야 해. 잘못하면 두이 아저씨가 쫓길 수도 있고."

"잘 맞춰서 한번 해봐야지. 이대로 마냥 두들겨 맞으면서 지

낼 수는 없잖아?"

리나가 고개를 끄덕였다.

"좋아, 그럼 내가 라이칸스로프로 변신할 테니까 그 뒤를 따라."

"알겠어."

잠시 후, 리나가 변신술을 사용하였다.

스스스스!

은빛으로 물든 리나의 몸이 서서히 변하여 종국엔 4미터 크기의 거대한 라이칸스로프로 변신하였다.

"크르르릉!"

카미엘은 그녀의 등에 올라타 프로텍션 쉴드를 소환하였다.

철컥!

"좋아, 가자!"

"크아아아앙!"

그녀가 전력으로 내달리자 분홍 불이 약하게 반응하기 시작했다.

카미엘은 그녀의 등에서 뛰어내려 스스로 대지를 박차며 달렸다.

파바바밧!

그러자 분홍 불이 카미엘을 향해 천천히 날아들기 시작하였다.

두 사람은 갈 길이 극명히 갈리긴 했지만 한 가지 확실한 물증을 얻게 되었다.

"좋았어! 실험에 성공했다!"

실험에 성공하긴 했지만 두 개의 불꽃이 카미엘에게 자비를 베풀 리가 없었다.

피융!

콰아앙!

카미엘은 정신없이 내달리면서도 자신의 머리 위로 떨어진 불꽃을 방패로 막아냈다.

끼이잉!

"크윽!"

직접적인 타격은 없었지만 놈이 내뿜은 충격이 꽤 커서 방패를 잡은 손이 약간 시큰했다.

만약 한 방 더 맞는다면 버티지 못할 것 같기도 했다.

카미엘이 놈들에게 쫓기면서 고군분투하고 있을 무렵, 정도진이 뭔가를 발견하였다.

─잠깐, 놈들의 중앙에 뭔가 네모난 조각 같은 것이 들어 있는 것 같은데?

"조각?"

그제야 카미엘과 현주는 무릎을 쳤다.

"그래, 저놈이 바로 큐브형 몬스터인 모양이군!"

"도진, 저놈의 큐브를 날려줄 수 있겠나?"

─물론이지.

카미엘은 뒤돌아서 놈들을 도발하였다.

척!

"이놈들, 나를 쳐라!"

피융!

다시 한 번 분홍색 불꽃이 떨어질 무렵, 정도진의 탄환이 큐브를 정확하게 타격하였다.

철컹, 타앙!

서걱!

끼에에에에엥!

큐브는 단 일격에 부서져 바닥으로 떨어져 내렸고, 그 주변으로 새빨간 피가 원을 그리며 퍼져 나갔다.

한 마리가 떨어져 내리고 나자 다른 한 마리가 화들짝 놀라 오히려 뒤로 도망치려 하였다.

하지만 정도진이 목표물을 놓칠 리가 없다.

─놈, 잡았다.

타앙!

한 발 더 날아간 탄환이 큐브의 정중앙을 뚫고 지나갔다.

퍼억!

이놈 역시 인간의 피처럼 새빨간 피를 철철 흘리면서 몰락하였다.

푸하아아악!

분수처럼 피를 토해내며 죽어간 큐브는 마지막엔 살점이 사방으로 튀어나와 내장 조각이 둥둥 떠다니는 풍경을 연출하였다.

"저놈들도 결국 생명체였던 모양이군."

"코어가 있긴 할까?"

"해부를 해봐야지."

일행은 두 개의 큐브를 가지고 본진으로 되돌아갔다.

＊　　　＊　　　＊

일행은 큐브 형태의 몬스터를 해부해 보곤 아연실색하였다.

큐브는 내부가 모두 꼬불꼬불한 내장으로 이뤄져 있었는데, 코어는 그 속에 조각의 형태로 갈라져 있었다.

"징그럽기 짝이 없군. 이게 도대체 뭐야?"

"마치 살점으로 사발면을 만들어놓은 것 같아."

순간, 모두의 시선이 리나에게로 향했다.

"…사발면이라니?"

"저 아이, 혹시 요즘 문학에 심취해 있나? 표현력이 너무 좋은데?"

"으윽! 우리 식량 중에 사발면이 세 박스나 있어. 당분간 그것은 못 먹겠네."

리나가 고개를 갸웃거렸다.

"닮은 것을 닮았다고 한 것이 잘못인가?"

"아니… 그런 것은 아니지만 너무 표현이 적절해서 말이야."

"표현력이 너무 좋은 것도 탈인가?"

"지금과 같은 경우엔."

큐브에서 나온 조각들을 모두 맞춰보니 그 크기가 거의 중형 몬스터에 가까웠다.

"그래, 이 정도 크기라면 값에 꽤 나가겠어. 어차피 코어는 깨져도 연료로 쓸 수 있잖아."

"값이 떨어지긴 하겠지만 이 정도면 나쁘지 않아."

이제 카미엘과 일행은 아공간에 대해서 알아봐야 할 차례였다.

과연 저놈들이 어느 곳에 본체를 두고 몬스터를 소환하는지 알아봐야 한다는 것이 리나의 주장이었다.

용병단은 다소 멀찌감치 떨어져서 가만히 아공간을 바라보았다.

하지만 한 시간, 두 시간, 심지어 해가 떨어졌다가 다시 날이 밝았는데도 몬스터는 보이지 않았다.

"이상하군."

"원래의 아공간이라면 지금쯤 몬스터를 토해내도 벌써 토해냈어야 정상 아닌가?"

"그렇긴 하지."

"흠……."

가만히 아공간을 바라보던 리나가 무릎을 쳤다.

"혹시 저놈의 본체가 다른 곳에 숨겨져 있는 것 아니야?"

"그럼 저건?"

"어차피 투사체는 어느 곳에 떠 있어도 상관이 없으니까."

"아아! 그건 그렇겠군."

"하지만 그게 어디에 있다는 걸까?"

"검은색 구체가 있는 곳 아래, 그 지하에 있는 것은 아닐까?"

카미엘을 포함한 모든 팀원이 그녀의 말에 공감하였다.

"그래, 지금까지 우리가 생각해 낸 것 중에서 리나의 의견이 제일 그럴듯한데?"

"좋아, 그럼 이대로 지하로 돌격하는 것으로 할까?"

"그렇게 하자. 어차피 도로도 박살 났는데 톨게이트 한 귀퉁이를 폭파시킨 후에 들어가는 것이 어떨까?"

카미엘은 난색을 표했다.

"그, 그랬다가 민원이라도 들어오면……."

"지금 민원이 문제야? 이대로 두면 도로를 아예 못 쓰게 생겼는데?"

"하긴, 그건 그렇군."

이제 팀원들은 다시 장갑차에 올라 톨게이트 앞으로 나아갔다.

전차는 톨게이트 가장 왼쪽에 위치한 요금 계산소를 타격하여 지하로 내려가기로 했다.

—사격하겠음.

"알겠다."

위잉, 철컹!

—목표물 확인.

"발사!"

퍼엉!

고폭탄이 날아가 왼쪽 요금 계산소를 아예 박살 내버렸다.

콰아아앙!

카미엘은 걱정이 되긴 했지만 속은 시원했다.

"자, 그럼 내려가 봅시다."

―알겠다. 우리가 앞장서겠다.

전차조가 앞장서 지하로 내려가자마자 장갑차가 그 뒤를 바짝 따랐다.

＊　　　　＊　　　　＊

캄캄한 지하에 발록 용병단의 전차와 장갑차가 돌입해 있다.

카미엘은 적외선 야간 투시경으로 전방을 살펴보았다.

이곳은 직원들이 각 요금소로 이동할 수 있게끔 만들어놓은 통로이며 이곳을 따라 지하로 한 번 더 내려가면 구내식당과 직원 휴게실 등이 나온다.

전차 운전수 유현태가 구내식당으로 내려가는 곳에 예광탄을 쏘았다.

퍼엉!

순식간에 주변이 밝아지며 계단 앞이 훤해졌다.

동료들은 그곳에 공간의 일그러짐 현상이 벌어지고 있었고, 이곳에서 표출된 마이너스 에너지의 반응이 상당히 강하다는 것을 알 수 있었다.

―저곳인 것 같다. 마이너스 에너지의 반응은 최고지?

―이보다 더 정확할 수는 없어. 확실하다. 이곳이 발원지야.

카미엘은 아공간 파쇄기를 사용하도록 지시하였다.

"그럼 어서 빨리 아공간부터 없애고 다음 탐사를 이어나가도록 하지."

―입감.

전차는 아공간 파쇄 고폭탄을 장전하여 목표물을 조준하였다.

위잉, 철컹!

―사격 준비 끝.

"발사!"

타앙!

거대한 굉음을 울리면서 날아간 아공간 파쇄탄이 공간 왜곡 현상 정중앙에 틀어박혔다.

콰앙!

그러자 강력한 스파크가 일어나면서 아공간이 서서히 힘을 잃어갔다.

콰지지지지지직!

아공간이 힘을 잃어가던 바로 그때, 사방에서 작은 큐브 조각들이 모여들었다.

끼이이이익!

"저놈들, 곳곳에 숨어서 공간의 왜곡 현상을 만들어내고 있었어. 저놈들이 범인이었던 것이군."

"정말로 머리가 좋아. 저런 몬스터가 중급 이상으로 분화한다면 상상도 하기 싫은 일이 벌어지겠군."

"아예 상상을 하지 말자고."

잠시 후, 아공간이 완전히 파괴되면서 마이너스 에너지 송출 반응이 끊겨졌다.

—마이너스 에너지 제로. 아공간 파괴에 성공하였다.

"휴우, 이제 하나 없앴네."

간신히 하나를 없애긴 했지만 과연 다음 목표물이 어떤 놈일지는 전혀 알 수가 없었다.

그러나 이곳에서 더 이상 지체할 시간이 없다.

"코어만 수습해서 다음 공간으로 넘어가자."

—입감.

장갑차에서 내린 팀원들은 즐거운 마음으로 코어를 수거하였다.

*   *   *

지하 구내식당 내부로 들어가는 길목.

저벅저벅!

더 이상 전차를 끌고 내려갈 수 있는 상황이 아니기 때문에 일행은 각자의 개인화기를 들고 아래로 내려가 보기로 했다.

과연 이곳에선 어떤 몬스터가 모습을 드러낼지 용병단의 발걸음에 긴장감이 돌았다.

방패를 들고 최전방에 선 카미엘은 불빛 하나 없는 구내식당을 적외선 야간 투시경으로 둘러보았다.

이곳은 뷔페식으로 식사가 진행되며 곳곳에 스낵을 파는 좌판이 설치되어 있었다.

전체적인 분위기는 고기 뷔페와 비슷하지만 좌판의 생김새는 고속도로 휴게소를 연상케 하였다.

카미엘은 이곳 어디쯤에 아공간이 있다는 것인지 이해를 할 수 없었다.

"마이너스 에너지는?"

"아직 미미해. 이 정도 반응이면 아주 멀리에 있다고 해도 과언이 아니겠는데?"

"흠, 뭔가 좀 이상하군. 그쪽에서 우리를 엿 먹이려고 일부러 지도를 잘못 준 것은 아닐 테고 말이야."

"혹시 이번에도 아공간이 다른 곳에 숨어 있는 것 아니야? 조사단이 들어왔을 때엔 아무래도 주변에 몬스터가 많았으니 그림자가 투영되었을 수도 있고."

"그래, 그랬을 수도 있겠어."

지금 당장 정확한 것은 아무것도 알 수가 없으나 이곳이 대체적으로 정상이 아니라는 것은 알 수 있었다.

마이너스 에너지 측정기를 들고 돌아다니고 있던 리나가 갑자기 화들짝 놀랐다.

"어, 어라?"

"왜 그래?"

"내 발 아래에서 뭔가 강력한 마이너스 에너지가 느껴지는데?"

카미엘은 측정기 바늘이 갑자기 휙 꺾여서 최고치를 기록한 것을 볼 수 있었다.

그는 리나에게서 측정기를 건네받아 직접 측정을 해보았다.

위잉, 위잉!

마이너스 에너지가 분출되던 지역에 측정 막대를 댔다가 떼기를 반복하자, 그 바늘도 요동을 쳤다.

"아무래도 이 아래에 뭔가 있는 것 같은데?"

"도대체 이 안에 뭐가 있다는 거지?"

최현주는 일루미네이터를 터뜨려 해당 구역에 내려놓았다.

따악!

그러자 그 주변이 일렁거리면서 강력한 구를 형성하기 시작했다.

쿠그그그그그!

"어, 어어어?!"

카미엘과 동료들은 재빨리 구체 밖으로 피하였다.

화르르륵!

그들이 모두 구체 밖으로 피하자마자 검은색 불꽃이 일렁이면서 일루미네이터를 집어삼켰다.

동료들은 이곳이 바로 아공간이라는 것을 어렵지 않게 알 수 있었다.

"이번 아공간은 위장이 아니라 매복을 하고 있던 것이군."

"참, 별의별 일이 다 있네."

카미엘은 라바를 소환하였다.

끼릭, 끼릭.

그는 라바의 자리를 잡고 아공간 파쇄탄을 직격으로 쏘았다.

"발사!"

삐비비비빅!

퍼엉!

아공간 파쇄탄이 날아가 공간 왜곡 현상 중앙에 틀어박히자, 온 사방에서부터 큐브 조각들이 몰려들었다.

끼이이이잉!

"저놈들, 저놈들이 매복을 도와주고 있던 거야. 참으로 신기한 능력이로군."

"도대체 저놈들은 어디서부터 온 것일까?"

카미엘과 리나는 유페리우스에서도 보지 못한 몬스터들의 등장이 썩 달갑지가 않았다.

원래 아공간은 유페리우스와 비슷한 구조를 가지고 있다고 생각했지만, 어쩌면 그렇지 않을 수도 있겠다는 생각이 들었다.

머리가 복잡해진 카미엘이지만 이내 지하 휴게실에 불이 켜지면서 정신이 번쩍 들었다.

팅!

불이 들어오자마자 보이는 것은 큐브들이 흘려낸 피와 내장 조각, 그리고 코어들이었다.

"돈이 널려 있군."

"자자, 무엇보다 일단 돈부터 챙깁시다!"

용병단은 지하를 가득 채운 큐브형 몬스터들을 수습해서 지상으로 올라갔다.

*　　　　　*　　　　　*

서울 강남의 지하에 위치한 최고급 안마 시술소에 김진태가 나체 상태로 누워 있다.

스윽, 스윽.

그는 온몸에 마사지 오일을 바른 채 나체 상태인 미녀 안마사에게 경락 마사지를 받고 있었다.

우드득!

"으음……."

"요즘 스트레스가 많으신 모양입니다."

"국회의원이라는 직업이 그렇지, 뭐."

"그래도 스트레스를 줄이시는 것이 건강에 좋아요. 어깨와 목덜미 주변이 너무 딱딱해져 있네요."

"하하, 그것은 나에게 낙향하라는 소리나 다름없어. 정치를 하면서 어떻게 스트레스를 안 받나?"

"그런가요? 저는 정치에 대해서 잘 몰라서요."

"만약 내가 다시 검찰계로 돌아간다면 죽어도 정치는 하지 않을 거야. 가끔은 사람이 이렇게까지 살아야 하나 싶을 때가 있거든."

"하지만 그렇기 때문에 의원님이 멋있는 사람이기도 하지요.

자신의 일에 몰두하여 최고가 되는 것은 남자로서 낼 수 있는 최고의 매력이니까요."

"하하, 자네는 마사지뿐만 아니라 말주변도 꽤 좋군그래."

"감사합니다."

그때, 마사지 방의 문이 열리며 그의 수행비서가 들어왔다.

"의원님, 휴식 중에 죄송합니다."

"무슨 일인가?"

"진천 교차로가 곧 정리될 것 같다고 합니다."

"…진천이?"

마사지를 받던 김진태가 일어나 담배를 찾는다.

"으음, 목이 당기는군. 한 대 피우면서 받겠네."

"예, 의원님."

그는 얼굴과 손을 수건으로 닦은 후 담배를 한 대 피워 물었다.

치익!

"후우……."

어지간해선 평정심을 잃는 법이 없는 김진태가 약간 격앙된 목소리로 말했다.

"그 교차로, 원래 파괴의 고리인가 뭔가에 있다던 곳 아닌가?"

"예, 맞습니다. 군부에는 잘 알려지지 않은 사실입니다만, 원래대로 군부가 이곳을 정리했다면 도로 자체를 없애 버렸을지도 모르지요."

"쳇, 차라리 그냥 알아서 정리하도록 내버려 둘 것을 그랬군."

김진태는 진천 민영화 도로 문제를 두고 충북의 야당 의원들을 압박하여 다음 총선의 카드로 사용할 생각이었다.

현재 여당의 잦은 정책 실패와 국정 운영 부진 때문에 지지율이 떨어진 판국에 최근 삼척시 몬스터 사태까지 터졌으니 지지율이 급 하락할 것은 자명했다.

만약 이대로라면 총선에서의 패배는 불을 보듯 뻔했다.

"젠장, 뭐 하나 마음대로 되는 것이 없구먼. 정말 푸닥거리라도 한바탕 해야 하나?"

"걱정하지 마십시오. 의원님에겐 몇 장의 카드가 더 남아 있지 않습니까?"

"그래, 그런 것들로 위안을 삼는 수밖에."

김진태는 낙천주의자다.

"에라, 모르겠다! 안마사나 몇 명 더 불러주게. 이번에는 근육이 아니라 아래쪽을 좀 잘 만지는 사람들로 부탁함세."

"예, 알겠습니다."

그는 자리에 거꾸로 누워 대자로 뻗어버렸다.

제11장
큐브의 비밀

　진천 민영화도로 교차 지점 톨게이트의 토벌이 막바지에 이르렀댜.

　하이패스 관리국 충북지사가 있는 이곳 민영화도로의 지하에는 총 30대의 차량을 주차할 수 있는 공간이 있다.

　평수로 따지자면 200평이 조금 넘는 이곳에 마지막 아공간이 남아 있었다.

　카미엘은 단단한 벽으로 막혀 있는 주차장 입구를 바라보고 있었다.

　"이게… 원래 벽으로 막혀 있던 것은 아니겠지?"

　"주차장 입구를 벽으로 막아놓으면 주차는 어떻게 하라고?"

　"그러게 말이야. 설계도에도 이런 방호시설은 나와 있지가 않은데 말이지."

"…난감하게 되었군."

현재 이곳은 원래의 모습은 온데간데없고 온통 단단한 벽으로 둘러싸인 요새의 형태가 되어버렸다.

과연 저 안에 뭐가 들어 있는지 알 수는 없지만 막혀도 아주 단단히 막혀 있는 것은 분명했다.

"전차로 확 밀어버릴까?"

"그랬다간 건물을 다시 지어야 할지도 모르는데?"

"차라리 건물을 다시 짓고 말지, 이걸 언제 뚫고 앉았어?"

"하긴, 그건 그렇군."

태영건설에선 건물을 부수어도 좋으니 일만 제대로 마쳐달라는 주문을 해왔다.

카미엘은 그래도 원형을 최대한 보존시켜서 운영에 차질이 없도록 배려하려 했으나, 상황이 여의치 않았다.

"좋아, 이가 없으면 잇몸으로 밀어붙여야지. 고폭탄으로 뚫고 들어가자."

"이제야 말이 좀 통하는군."

전차조는 자신들의 앞을 막고 서 있는 방호벽에 고폭탄을 투하하였다.

―고폭탄 장전했다. 모두 엄폐물 안으로 들어갈 수 있도록.

―양호.

전 인원이 장갑차에 탑승하자 전차의 포신이 불을 뿜었다.

―발사!

퍼엉!

빠르게 날아간 120㎜ 고폭탄이 벽에 부딪치면서 폭발을 일으켰다.

콰앙!

그런데 바로 그때, 방호벽 주변에 홀로그램 비슷한 방어막이 형성되었다.

끼잉!

"허, 허억!"

―이런 빌어먹을! 무슨 방어막이……?!

리나가 카미엘을 바라보며 물었다.

"저거 마법이지?"

"아니, 아니야. 마법이랑은 달라."

마법 전문가인 카미엘이 보기에 저것은 마법이라 볼 수 없었다.

원론적으로 얘기해서 마법이라는 것은 자연 상태의 진기를 일정한 수식으로 재배열하여 만들어진 초자연적 현상인데, 저것에서는 마력의 흐름을 찾아볼 수가 없었다.

한마디로 저 방어막이 형성되는 데 들어간 마력이 단 1%도 없다는 소리다.

"저게 마법이 아니라면 도대체 뭐야?"

"나도 모르지. 하지만 이 역시 큐브형 몬스터와 관련이 되어 있을지도 몰라."

공간을 좌지우지하는 큐브형 몬스터들의 저력은 역시 대단하다고밖에 표현할 수가 없었다.

일행이 깊은 고민에 빠져 있을 때, 장벽에 촘촘하게 구멍이 뚫리기 시작했다.

스스스스!

잠시 후, 놀라운 일이 일어났다.

위잉, 철컹!

"뭐, 뭐야, 저게?"

"마치 포신을 정렬하는 것 같은 느낌이……."

—제기랄! 다련장 로켓이다! 모두 다 엎드려!

전차조의 말이 떨어지기가 무섭게 150발의 고폭탄이 폭풍처럼 몰아치기 시작했다.

퍼버버버버벙!

콰아앙!

"크허억!"

"제기랄! 장갑이 버티지 못하겠어!"

단 일격에 150발을 쏴대는 저놈들의 파상 공세는 상상을 초월하였다.

만약 이대로 몇 발 더 얻어맞는다면 백발백중 시체가 될 것이 분명했다.

카미엘은 뇌전의 여왕 노스트릴라를 소환하였다.

"노스트릴라!"

—오호호호!

사냥꾼들에게 광녀라는 별명이 붙은 노스트릴라는 전기를 자유자재로 다루는 몬스터로, 성격이 워낙 괴팍해서 어디로 튈지 모르는 것이 특징이었다.

다만 카미엘에게 패배한 이후 그에게 푹 빠져 있어 다루는 것이 그리 어렵지는 않았다.

그녀는 소환이 되자마자 자신이 해야 할 일을 즉시 해냈다.

끼이이잉, 팟!

강력한 뇌전으로 이뤄진 방벽이 펼쳐지자, 후속타로 날아오던 150개의 포탄이 벽에 맞아 튕겨져 나갔다.

콰앙!

구사일생으로 목숨을 건지긴 했지만 마나의 소모가 너무 극심하여 현기증까지 유발하였다.

"크윽!"

"아저씨, 괜찮아?!"

"…괜찮아."

현주의 부축을 받고 일어선 카미엘이 동료들에게 외쳤다.

"퇴각하자! 이대로 버티다간 다 죽는다!"

"알겠다!"

─입감!

작전지역에 도착한 지 채 10분도 되지 않아 퇴각을 선택할 수밖에 없는 카미엘이다.

*　　　　　*　　　　　*

마영신도시가 오픈하는 날, 지역 유지들과 정, 재계 관계자들이 대거 모여들었다.

태영그룹의 총수 주영태는 이제 성씨 일가의 수장으로서 단상에 올랐다.

"우리 마영신도시는 앞으로 발전된 서해를 만들어 나가기 위해 노력할 것이며, 더 나아가선 동북아시아 최고의 항구도시로 거듭날 것입니다. 입주민들과 상인들께서는 아무쪼록 모범 시민으로서 도시를 아껴주시고 방문자들에게 친절한 주민들이 되어주셨으면 합니다. 또한 정재계 관계자들께서도 부디 우리 마영신도시를 아껴주셨으면 좋겠습니다. 끝으로 이렇게 마영신도시가 오픈할 수 있도록 도와주신 여러 관계자들에게 감사의 인사를 올리는 바입니다."

그가 연설 끝에 고개를 숙이자 박수갈채가 쏟아졌다.

짝짝짝짝!

그 박수갈채를 쏟아내는 사람들 한가운데엔 기자들도 섞여 있었다.

"저기, 회장님, 한마디만 여쭙겠습니다!"

"막간을 이용해 질문 한마디만 건네도 되겠습니까?!"

목청이 터져라 질문을 외치는 기자들에게 도시기획과 직원들이 제재를 가했다.

"안 됩니다. 행사 일정에 없는 행동은 삼가주시기 바랍니다."

"에이, 빡빡하게 왜 이러십니까?! 한마디만……."

"글쎄, 안 된다면 안 되는 줄 아십시오!"

영태는 도시기획과 직원들에게 말했다.

"선생님들, 괜찮다면 질문 몇 개 받도록 해주십시오."

"하, 하지만 굳이 이런 곳에서까지 스트레스를 받으실 것까지 야……."

"괜찮습니다."

그의 배려로 기자들이 힘을 얻었다.

"그럼 한 가지만 묻겠습니다. 마영신도시를 오픈하는 과정에서 정치인 개입 의혹이 있었습니다. 이에 대해서 어떻게 생각하십니까?"

"항간에선 마영신도시의 성공이 회장님의 정계 진출의 징검다리가 될 것이라는 관측도 나오고 있습니다. 이것이 그것과 관련이 있습니까?"

한꺼번에 두 개의 질문을 받은 그는 차분하게 답했다.

"단도직입적으로 말씀드리지요. 저는 정계에 진출할 생각이 전혀 없습니다. 전 부회장님께서 정계에 관심이 있던 것은 어렴풋이 주워들은 적이 있습니다만, 저는 정치에는 무관심합니다. 더군다나 저는 정치에 재능도 없습니다."

"그렇다면 마영신도시의 성공이 가져다주는 시너지를 바탕으로 시의원에 나갈 수도 있다던 세간의 소문은 모두 거짓이라는 소리입니까?"

"그런 관심을 가져주신 것은 고맙습니다만, 저는 시의원이고 비례대표고 전혀 관심이 없습니다. 시장이고 구청장이고, 솔직히 저희들 성씨 일가와 태영그룹을 건사하기도 벅찹니다. 죄송한 말씀입니다만, 그런 관심은 관심에서 끝났다고 말씀드리고 싫네요."

기자들이 질문을 끝냈을 즈음, 저 멀리서 한 청년이 손을 번쩍 들었다.

"그렇다면 회장님, 현재 진천 민영화고속도로의 폐쇄에 대해선 하실 말씀이 없으십니까?"

순간, 기자들의 이목이 그에게로 쏠렸다.

행색을 보아하니 한국인은 아닌 것 같은데, 어떻게 해서 민자고속도로의 상황까지 파악하고 있는 것인지 의아했던 것이다.

영태는 그의 질문에 최대한 간단명료하게 답했다.

"지금 복구 중에 있습니다. 조만간 좋은 소식이 들릴 것입니다."

"어떻게 그렇게 확신하시죠?"

"그럴 만한 사람들이 일하고 있기 때문이죠. 제가 드릴 수 있는 말씀은 여기까지입니다."

말을 마치고 단상을 내려간 주영태가 무대 뒤로 사라지자, 사회자가 재빨리 행사를 마무리하였다.

─자, 그럼 마영신도시 준공식을 모두 마치겠습니다. 시민 여러분과 내빈들께선 저희 태영그룹과 상인연합회에서 준비한 소소한 오찬을 즐기시고 선물도 받아 가시기 바랍니다. 또한 오후 한 시부터 네 시까지 초대 가수들이 무대를 꾸밀 예정이니 충분히 즐겨주시면 감사하겠습니다. 초대 가수들의 무대가 끝나면 경품 추첨도 진행될 예정이니 많은 관심과 참여 부탁드립니다. 감사합니다!

시민들은 태영그룹이 준비한 뷔페를 즐기기 위해 야외식당으로 이동하였다.

*　　　　*　　　　*

 야외 식당 한구석에 정치계 인사들이 주영태를 기점으로 모여들었다.

 그중에서도 야당 인사들이 주영태에게 가장 적극적으로 말을 붙이고 있었다.

 "이번 기회를 정말 놓치실 겁니까? 최소한 시장 정도는 하시는 것이 어떠신지요?"

 "아니, 괜찮습니다. 저는 정치에는 정말 관심이 없거든요."

 "시민들의 지지가 꽤 뜨겁습니다. 주영태, 아니, 성영태 회장님의 정치판 등단에 목이 말라 있다 이 말입니다."

 "하하, 제 깜냥에 무슨 정치입니까? 죄송합니다만, 제 앞가림하기도 벅차서 정치는 좀 그러네요."

 "젊은 사람이 너무 겸손해도 못 쓰는 법입니다. 나설 때엔 앞으로 과감히 나설 줄도 알아야지요."

 야당의 재야인사 중 단연 최고봉으로 손꼽히는 예성탁이 영태를 설득하고 있는 가운데 오찬회장에 아주 의외의 인물이 당도하였다.

 여당의 실세 김진태가 예성탁을 제치고 영태에게 악수를 건넸다.

 "반갑습니다, 성 회장님."

"김진태 의원님께서 이곳까진 어떻게 오셨습니까?"

"하하, 나라의 중요한 신도시 프로젝트에 성원을 보태는 것이 국회의원으로서의 도리가 아니겠습니까? 다만, 행사 초반에 도착하지 못한 것은 개인적인 사정 때문이었으니 이해해 주시기 바랍니다."

"아닙니다. 바쁘신 것을 충분히 알고 있습니다."

"그렇다면 다행이고요."

그는 영태에게 자신의 명함을 건넸다.

"제 개인 연락처입니다. 요즘 승승장구하시는 회장님과 술 한잔할 수 있다면 영광이겠는데요?"

"시간이 맞는다면 당연히 그래야겠지요."

예성탁이 김진태의 어깨를 옆으로 살며시 밀어냈다.

"이야, 이거야 원, 바쁘신 김 의원님을 실물로 뵙다니 가문의 영광입니다."

"하하, 가문의 영광까지야. 그러는 예 의원님은 지금껏 방송에도 얼굴 한 번 안 비추시더니 이런 곳에서 불철주야 일하고 계셨군요."

"워낙 화면발이 안 좋아서 TV에 나오는 것이 껄끄럽더군요. 그나저나 김 의원님은 아주 신수가 훤해지셨네요. 관리를 받으시나 보지요?"

"그래도 민중의 얼굴이라는 국회의원인데 이 정도는 해줘야 하지 않겠습니까?"

"뭐, 그것도 틀린 말은 아니네요."

영태는 이쯤에서 빠지기로 마음먹었다.

"그럼 저는 이만 물러가겠습니다. 다음 일정이 잡혀 있어서요."

"예? 아니, 얘기를 좀 더……."

"나중에 꼭 연락 주십시오! 기다리고 있겠습니다!"

이윽고 비서진과 함께 물러가는 영태를 바라보며 예성탁이 투덜거리듯 말했다.

"이봐요, 김 의원. 꼭 이렇게 내 옆으로 나타나 일을 망쳐놓아야 직성이 풀리겠습니까?"

"일을 망치다니요. 정계 인사 등용은 어느 당에서나 필요한 일입니다. 나도 성 회장을 정계로 끌어들이는 데 아주 예전부터 관심이 많았다고요."

"…설마요."

"뭐, 처음부터 관심이 있던 것은 아닙니다. 원래 태영그룹이 야당과 친하다는 것은 익히 알고 있었으니까요. 그래도 세대교체가 되면서 현 회장의 능력이 입증되었으니 당연히 관심이 생길 수밖에요."

결과적으론 명함이라도 한 장 건넨 것이 이득일 터, 김진태는 만족스럽게 웃었다.

"하하! 아무튼 조만간 좋은 모습으로 다시 찾아뵙지요. 저는 이만……."

예성탁은 얄밉게 사라지는 김진태를 바라보며 읊조렸다.

"…빌어먹을, 항상 다 된 밥상에 숟가락만 얹는 놈이 말은 잘하지."

이윽고 예성탁의 비서관이 팩스를 한 장 들고 달려왔다.

"의원님, 사건이 터졌습니다!"

"사건?"

"제주도 남부에 몬스터가 창궐했다고 합니다!"

순간, 예성탁의 눈가에 주름이 잡혔다.

"거긴 지금 한일 해저터널 예정 부지로 선정되네 마네 하는 곳 아닌가?"

"예, 그렇습니다. 만약 이대로라면 해저터널 유치가 불발될 수도 있겠는데요?"

"뜬금없이 무슨 몬스터가……."

한일 해저터널은 현재 외교통상부가 일본의 외무성과 함께 합작으로 진행 중인 프로젝트인데, 열도인 일본과 대륙을 이어 주는 징검다리 역할을 하여 엄청난 시너지 역할을 할 것으로 전망되고 있었다.

만약 완공된다면 한 해 수십 조 원의 이윤 창출과 관광산업 극대화, 그리고 한일 외교 문제 완화 등의 순기능이 생겨날 것으로 전망되고 있었다.

예성탁은 한일 해저터널 건설을 주도한 여당이 극심한 타격을 받을 것이라고 생각했다.

"김 의원, 뼈가 좀 시리겠는데?"

"아마 그렇긴 하겠지요. 하지만 국가적인 차원에서 본다면 이번 사건은 국익에도 큰 손해가 날 것입니다. 이것 때문에 일본이 역사 왜곡까지 한 수 접었는데 만약 협상이 틀어지면 난리가 날 것 아닙니까?"

"하긴, 그건 그렇군."

"아무튼 이번 일로 일본 카와사키 의원이 뵙기를 청했습니다."

"카와사키 의원이?"

"직접 한국으로 오신다고 시간이 되면 서울에서 뵙자고 하더군요."

그는 고개를 끄덕였다.

"같이 가지. 시간은 언제로 잡자고 하던가?"

"오늘 오후입니다. 꽤 급하긴 하지요."

"괜찮아. 시국이 시국이니만큼 면담이 필요하다면 해야지."

"잘 알겠습니다. 그럼 카와사키 의원에게 그렇게 전하겠습니다."

"그래주시게."

그는 비서의 차를 타고 서울로 향했다.

*　　　　*　　　　*

마지막 고지를 눈앞에 남겨두고 고전을 면치 못하고 있던 발록 용병단에게 실버 나이프의 지원 팀이 도착하였다.

실버 나이프 지원 팀은 큐브를 전문으로 연구하는 생명공학자와 공간물리학자로 이뤄져 있었다.

생명공학자 레이첼 모나헌은 큐브형 몬스터를 일반적인 몬스터로 구분지어선 안 된다고 강조하였다.

"놈들은 3차원적인 생명체가 아닙니다. 현재의 과학으로 그놈들을 말하기엔 무리가 있어요."

"그럼 그놈들은 4차원에서 넘어왔다는 소리입니까?"

"그럴 가능성이 높지만, 중요한 것은 놈들이 아공간의 성분과 비슷한 DNA를 가지고 있다는 점이지요."

"아공간?"

"유엔의 아공간 연구소에서 채취한 아공간의 일부에서 나온 R—R1이라는 원소와 큐브형 몬스터의 코어에서 나온 성분이 같습니다. 한마디로 놈들은 아공간의 일부였거나 그와 밀접한 관련이 있다는 소리지요."

"흠……."

"아무튼 이놈들은 아무리 잡아봐야 현물로 팔 수는 없을 겁니다. 놈들의 큐브는 아공간의 성분이기 때문에 인간에겐 쓸모가 없어요."

용병들은 기운이 쭉 빠지는 것을 느꼈다.

"젠장, 괜히 좋아했네."

"정말 아예 쓸모가 없어요? 하나도?"

"현재로선 그래요."

"거참……."

카미엘은 지금 저 앞에 있는 장벽에 대해서 물었다.

"그럼 저건 뭡니까? 아까 우리가 공격해 보니 방어막까지 형성하고 있던데요."

"아아, 그거요? 큐브형 몬스터의 진화 형태 중에서도 가장 악질 형태입니다."

그녀는 카미엘에게 큐브형 몬스터를 뜻하는 QM1의 연구 보고서를 건넸다.

"그곳에 보시면 아마 QM1의 진화 형태 중 하나와 특징이 일치하는 부분이 있을 겁니다."

카미엘은 보고서를 천천히 읽어보다가 'M—1'이라는 생명체에 대한 부분을 발견하였다.

M—1은 큐브형 몬스터 중에서도 가장 특이한 케이스인데, 이놈들은 자신들이 본 것을 3차원에 그대로 투영시키는 능력을 가지고 있다.

또한 이놈들은 세력이 강하면 강할수록 투영시키는 능력이 배가된다고 적혀 있었다.

"M—1, 아주 악질입니다. 자신들이 보고 겪은 것을 전부 3차원에 투영시키는 능력이 있지요. 여기서 더 발전하면 인터넷이나 책에 나오는 정보들을 토대로 3차원 투영이 가능해지죠."

"흐음."

"저놈들은 끝도 없이 진화합니다. 심지어 우리가 사용하고 있는 이 기술들을 한 단계 발전시켜서 사용하기도 하지요. 아까 고폭탄을 사용했다가 다련장 로켓에게 두들겨 맞았다고 하셨습니까?"

"그랬지요?"

"바로 그게 저놈들의 강점입니다. 상대방의 강점을 자신의 것으로 만들어 몇 배로 되돌려 주는 것이지요."

"그렇다면 저 방어막은 뭡니까?"

"일종의 공간 왜곡 현상입니다. 기본적으로 큐브형 몬스터들은 공간을 자유자재로 다루는 능력이 있습니다. 놈들은 상대방이 공격해 올 때 자신의 영역 안에 있는 공간을 뒤틀어 중성화시킵니다. 이때 공간이 3차원에서 잠깐 무로 돌아갔다가 4차원으로 뛰어넘지요."

"무로 돌아간다는 것은 아공간을 소환할 수 있다는 소리입니까?"

"아주 잠깐이요. 하지만 그것이 상당히 불안정해서 차원을 바꾸어주는 것이지요. 아공간에 자신이 잡아먹히면 큰일이니까요."

"아무튼 이렇게 공간을 앞뒤로 흔들어서 중성화시키면 큐브가 그것을 장악할 수 있게 된다는 뜻이지요?"

"예, 맞습니다."

"무서운 놈들이군."

"저놈들이 아직까지 시도한 적은 없습니다만, 이론적으로라면 공간이동도 가능해요. 공간과 공간을 뒤흔들어 영역을 확장하는데 공간 이동이라고 불가능할까요?"

"하긴, 그건 그렇군요."

"하여간 저놈들을 화력으로 제압하는 것은 무리가 있습니다."

"그럼 어떻게 해야 한다는 건가요?"

이번에는 공간물리학자인 율리아 이바노바가 나섰다.

"직접 뚫고 들어가서 큐브의 중심핵을 해체하는 수밖에 없어요."

"중심핵이라……."

"지금 저 몬스터의 군락 안쪽에는 심장의 역할을 해주는 중심핵이 있습니다. 그곳은 중력의 영향도 받지 않고 시간의 영향도 받지 않지요. 그곳으로 직접 뚫고 들어가서 핵을 터뜨려 버리면 사태는 일단락될 겁니다."

"그렇다는 것은 사람이 직접 장비를 들고……."

"침투해야 한다는 소리죠."

"흠……."

"만약 가신다면 저희 둘 모두 동행하겠습니다. 어차피 연구해야 할 것이 산더미인 상태에서 살아 있는 케이스를 발견했으니 이보다 더 좋은 기회는 없을 것입니다."

카미엘은 그녀들에게 가장 위험한 점에 대해 물었다.

"조심해야 할 점들이 많겠지만, 그중에서도 특히나 유의해야 할 점이 있겠습니까?"

"중심핵이 있는 곳에서 길을 잃을 수도 있어요. 그렇게 되면 차원과 차원 사이에 갇히게 됩니다."

"…그렇게나 위험합니까?"

"겉보기엔 별것 아닌 것 같지만 저놈들은 공간을 마음대로 조종하는 유전자를 가지고 있어요. 저 안에는 한마디로 무한한 공간이 펼쳐져 있을 수도 있는 거죠."

"상당히 위험한데요?"

"만약 하지 않겠다면 실버 나이프에서 다른 용병단을 데리고 올 수도 있습니다."

카미엘이 고개를 돌려 동료들을 바라보자, 그들은 상당히 갈

등하는 모습을 보였다.

"흐음……."

"빠지고 싶다면 빠져도 좋아."

율리아는 그들에게 도저히 뿌리칠 수 없는 유혹의 손길을 건넸다.

"저 안에 있는 코어는 돈으로 환산할 수 없습니다. 코어 1g당 천만 달러가 넘거든요."

"……!"

"그래도 안 가시겠다면……."

"갑니다! 가요! 무조건 갑니다!"

발록 용병단은 그녀의 한마디에 정신적으로 무장되어 버렸다.

카미엘은 그녀들에게 장비를 지급 받을 수 있는지에 대해 물었다.

"아직까지 실버 나이프에 입단한 사람은 저 한 사람뿐인데, 장비 지급이 되겠습니까?"

"말씀드렸다시피 우리는 용병단 조합입니다. 당신이 이끄는 용병단에게는 임대 형식의 장비 지급이 가능하지요."

"그럼 부탁 좀 합시다."

"물론입니다. 함께 가시죠."

발록 용병단은 실버 나이프의 학자들이 타고 온 비행기에서 장비를 불출 받아 출발하기로 했다.

＊　　　＊　　　＊

　실버 나이프의 학자들이 카미엘 일행에게 지급한 것은 플라즈마 분사기였다.

　플라즈마 분사기는 아주 정밀하게 아공간을 뚫고 지나갈 수 있는 장비로서, 분사기가 닿는 곳은 아공간이 파괴되어 균열이 생기게 된다.

　물론 분사기를 다룰 수 있는 사람은 이것을 만든 사람에 한한다.

　율리아는 마치 용접기처럼 생긴 플라즈마 분사기를 큐브의 옆구리에 대고 천천히 그어나갔다.

　치지지지직!

　그러자 단단하던 성벽이 아주 손쉽게 허물어지며 사람이 들어갈 만한 공간이 생겼다.

　"허무하군. 이렇게 쉽게 뚫을 수 있다니."

　"이렇게 구멍을 뚫어놓고 저 안에 폭탄을 설치하면 안 되는 건가요?"

　"말했다시피 잘못하면 폭탄을 개조하여 우리에게 포격이 날아올 수도 있어요. 그땐 무슨 일이 일어날지 아무도 몰라요."

　"쩝, 아깝게 되었군."

　그녀는 큐브라는 것을 아주 쉽게 생각하는 이영훈에게 한마디 하였다.

　"이봐요, 만약 그렇게 쉽게 죽일 수 있는 놈들이었다면 내가 플라즈마 분사기까지 만들었겠어요?"

"뭐, 그건 그렇지만……."

"우리도 피차 목숨 걸고 하는 일이니 집중 좀 해줘요."

"알겠습니다."

한 바가지 구박을 받고 나니 이영훈의 어깨가 조금은 움츠러
든 것 같다.

현주가 그런 그의 편을 들어주며 나섰다.

"이봐요, 우리 이 씨 아저씨가 조금 설레발을 쳤기로서니 그
렇게까지 말할 건 없잖아요?"

"…뭐라고요?"

"말 좀 예쁘게 하시라고요, 이 아줌마야."

순간, 율리아가 눈썹을 일그러뜨렸다.

"누가 누구보고 아줌마래? 이봐요, 내가 당신보다 훨씬 더 어
리거든요?"

"그런데 몸매는 내가 더 좋네? 어떻게 된 거지?"

"……."

워낙 키가 크고 운동을 오래한 현주이다 보니 서구적인 체형
의 러시아 여자와 견주어도 전혀 손색이 없었다.

아니, 오히려 몸매로만 본다면 현주가 그녀보다 몇 배는 월등
했다.

"아무튼 사람이 그러면 못써요. 함께 일하려면 배려할 줄도
알아야지. 당신들은 뭐 용병에 대해서 그렇게 잘 알아요?"

율리아가 당하고 있자 옆에 있던 레이첼이 그녀를 옹호하며

나섰다.

"당신, 전문 분야가 뭐예요?"

"뭐라고요?"

"폭탄 제조라고 했던가요?"

"그래요."

"그깐 사제 폭탄쯤이야 눈 감고도 만들겠네. 그까짓 것, 그냥 대충 전선이나 몇 개 연결하면 끝나는 것 아닌가요?"

"…이 아줌마들이 쌍으로 미쳤나?!"

"거봐요. 열 받죠? 우리도 마찬가지입니다. 서로 하는 일에 대해서 왈가왈부하지는 말자고요."

"이, 이이……!"

카미엘은 이쯤에서 자신이 중재를 해야 한다고 생각했다.

"워워, 다들 진정해요. 지금 여기서 싸울 것은 없잖아요?"

"…이 여자들이 자꾸 우리를 무시하잖아."

"무시? 무시는 그쪽이 먼저 했죠!"

"하하, 그렇게 싸우지들 말고 일단 일부터 합시다. 어찌 되었든 간에 각 분야의 전문가들이니 프로의식을 갖자고요."

그제야 두 사람은 조금 진정하였다.

"흥! 두고 보라지! 아주 코를 납작하게 만들어주겠어!"

"누가 할 소리!"

하지만 이것은 아주 짧은 휴전에 불과할 뿐 해결책은 아닌 것 같았다.

이영훈은 조금 수척해진 얼굴로 말했다.

"…이봐, 벌써 지치는데?"

"별수 없지. 두 사람 모두 꼭 필요한 인력이니까."

"그렇지?"

홍일점인 현주가 외부에서 온 사람들에게 방어적인 모습을 보이면서 갈등이 시작되었다.

앞으로 카미엘이 중재를 잘하지 않으면 아공간에서 길을 잃는 불상사가 일어나게 될지도 모른다.

*   *   *

서울 이태원의 한 중식당으로 일본 공화당 소속 카와구치 신노스케가 찾아왔다.

그는 미리 와서 기다리고 있는 예성탁에게 깍듯하게 고개를 숙였다.

"반갑습니다, 의원님."

"예, 반갑습니다."

앉아 있던 예성탁 역시 자리에서 벌떡 일어나 예의 바르게 고개를 숙여 인사에 화답하였다.

두 사람은 고개를 숙인 후 악수를 나누었다.

"이게 도대체 얼마 만입니까?"

"한 5년 되었지요?"

"시간 참 빠르군요. 그게 벌써 5년 전이라니."

"원전 연쇄 폭파 이후로 처음이니 5년이 조금 넘었을지도 모르겠습니다."

5년 전, 일본은 후쿠시마 원전 폭발 이후로 총 세 번에 걸친 원전 타격을 입었다.

후쿠시마에 대지진이 일어나면서 일본 전역으로 몬스터가 창궐하게 되었는데, 이때 두 개의 원전이 몬스터에게 공격당하여 완파되고 말았다.

특히나 오나가와 원전은 후쿠시마에 비해 인구가 더 많았기 때문에 그 타격은 어마어마한 수준이었다.

결국 일본 자위대의 구호활동에도 불구하고 오나가와는 폐쇄 조치가 결정되었고, 일본 동부는 고립을 선언할 수밖에 없었다.

지금은 몬스터 코어를 기반으로 폐기물이 상당량 회수되었지만 이미 태평양을 타고 흘러나간 방사능이 일본을 원전의 악몽을 되풀이하고 있는 실정이었다.

전문가들은 일본 서부 해협이 고립됨에 따라 그에 따른 후속 조치가 필요할 것이라고 지적하였지만, 현재 일본은 농수산물 수출 불가 등의 악재가 겹쳐 활로를 찾기 힘들어져 있었다.

그런 상황에서 일본은 어떻게 해서든 고립에서 빠져나가고자 지금까지 벌인 외교전을 모두 철수시키고 유라시아로 나아가는 발판을 만들고자 하였다.

그것이 바로 한일 해저터널의 완공이었다.

카와구치 신노스케는 일본의 해저터널 투자가 국운을 건 사업이라고 역설하였고, 그 생각에 동조한 의원들이 힘을 보탰다.

때문에 지금 일본은 한창 외교에서 한발 밀려나는 상황이었음에도 불구하고 무역 적자를 타개하고 흑자를 만들어내는 중이었다.

여전히 경제대국의 면모를 가지고 있는 일본이지만 방사능에 발이 묶여 경제가 서서히 퇴보하고 있었다. 그런 퇴보를 앞으로 무려 10년 후엔 다시 성장세로 돌아설 수 있도록 만드는 것이 바로 해저터널이었던 것이다.

그러나 몬스터가 창궐함에 따라 해저터널은 무산될 위기에 놓여 있었다.

"5년 이후 일본은 많이 달라졌습니다. 이민 인구가 급격하게 늘어났고 초고령화 시대를 넘어서 인구 절벽의 끝에 섰습니다. 이제 향후 10년 안에 인구가 점점 줄어들 것이라는 관측은 괜히 나오는 것이 아니지요."

"흠, 그렇군요."

"아무튼 이번 해저터널의 기공은 우리 일본이 앞으로 나아갈 수 있도록 해주는 원동력이 될 것입니다."

일본 동부 해협에 제동이 걸림에 따라 일본은 수출에 극심한 타격을 입을 수밖에 없었는데, 그것을 타개할 수 있는 길은 오직 한국을 이용하는 것뿐이었다.

"의원님, 제가 지금 한국까지 이렇게 달려온 것은 재협상을 이뤄줄 수 있는 방법이 이곳에 있기 때문입니다."

"그래요. 문제가 생긴 곳이 한국이니 이곳에서 풀어야 하겠지요. 그렇지만 그 문제는 술집에서 풀릴 문제는 아닌 것 같은데요?"

"압니다. 하지만 얼마나 답답하면 이러겠습니까?"

"흠……."

"이 사건에 대한 답은 토벌, 토벌뿐입니다. 이것을 종식시킬
수 있는 방법은 토벌뿐이에요."

"그렇다면 토벌을 하면 되는 것 아닙니까? 일본에도 실력 좋
은 용병이 상당히 많은 것으로 압니다만?"

"그렇긴 합니다만, 아시다시피 제주 자치도에는 그 어떤 해외
무장 세력도 상륙할 수 없다는 조약이 있습니다. 그러니 아무
리 실력 좋은 용병단이 차고 넘친다고 해도 어쩔 도리가 없는
것이죠."

"흠……."

"의원님, 좀 도와주십시오."

예성탁은 그의 부탁을 들으면서 이해할 수 없는 부분이 있
었다.

"만약 몬스터가 창궐했다면 부지를 옮기면 되는 일입니다.
그것도 안 된다면 한국의 군부와 연계하여 타격하면 그만이고
요. 해군과 공군은 몰라도 육군 하나는 알아주는 대한민국 아
닙니까?"

"그래요. 그렇긴 하죠. 하지만 부지를 옮기는 것이 불가능하
다는 통보가 왔습니다."

"부지를 못 옮겨요? 그게 무슨 말입니까?"

"자세한 내용은 모릅니다. 하지만 들리는 소문에 의하면 김

진태 의원이 중간에서 훼방을 놓고 있다는…….."

그는 도무지 이해가 가지 않았다.

"지들이 먼저 해저터널을 뚫자고 설쳐놓고 이제 와서 부지를 못 옮기니 프로젝트를 와해시키겠다고요?"

"그런 셈이죠."

"미친놈들이군요."

"제가 일본에서 할 수 있는 일이 한정적입니다. 그러니 의원님께서 좀 도와주셨으면 합니다."

"흠……."

자세한 상황에 대해선 좀 더 알아봐야겠지만 카와구치에게 있어선 현재의 상황이 참으로 답답할 것이다.

예성탁은 자신이 힘닿는 데까진 도와주기로 결심했다.

"일이야 어찌 되었든 간에 마냥 모른 척할 수는 없겠네요."

"도, 도와주실 겁니까?!"

"시국이 시국이니만큼 제가 나서야 할 것 같네요."

"감사합니다!"

그는 방금 전 마영신도시에서 들은 소리를 다시 상기시켰다.

"때마침 이런 일을 해결해 주는 해결사가 나타난 것 같더군요."

"용병 말씀이십니까?"

"네, 그렇습니다."

"한국에는 사설 용병단이 없다고 들었습니다만?"

"이제 조직되기 시작했습니다. 실제로 활동도 하고 있는 것 같고요."

"아하!"

"그들을 이용해서 사태를 해결할 수 있는지 한번 알아봅시다. 김 의원, 그 작자가 무슨 일을 꾸미고 있는지도 알아보고요."

"감사합니다!"

"별말씀을요."

과연 김진태가 무슨 일을 꾸미고 있는지 참으로 궁금해지는 예성탁이다.

*　　　　*　　　　*

큐브의 중심핵으로 들어가는 길목.

마치 살아 숨 쉬는 건물로 들어온 듯한 착각이 드는 이곳은 놈이 한 번 숨을 쉴 때마다 들숨 날숨이 아주 정확하게 느껴졌다.

두근두근!

"건물의 외벽은 분명 콘크리트의 재질이었는데 그 안은 살덩이군요."

"놈들이 공간을 장악하려면 분명 거점이 필요할 것입니다. 이곳이 바로 그곳이라고 볼 수 있죠."

"그렇다면 이놈들을 뱉어낸 아공간은 어디에 있습니까?"

"알 수 없습니다. 애초에 없앴다는 그 두 개의 아공간 역시 아공간인지 큐브의 중심핵인지 알 수가 없어요. 모든 것이 미스터리에 불과한 셈이죠."

"뭔가 정신을 쏙 빼놓는 놈들이군요."

"그래서 큐브에 대한 연구가 필요한 것입니다."

그녀는 해부를 통해서 파악해 둔 큐브의 해부학적 지도를 펼쳤다.

큐브는 마치 올챙이 내장처럼 돌돌 말린 장기를 가지고 있는데, 이것을 따라 중심으로 가다 보면 중심핵이 위치해 있다.

이 중심핵이 무너지게 되면 큐브는 생명을 잃고 사방으로 내장 조각을 토해내게 되어 있었다.

"중심핵까지 걸어가려면 한참 남았습니다. 그 중간에 어떤 공간의 왜곡 현상이 벌어질지 아무도 모르고요. 그러나 중심부까지 도착만 한다면 탈출은 식은 죽 먹기입니다. 놈은 죽을 때 피와 내장을 전부 다 토해내면서 죽거든요."

"…잘 알지요. 아까 우리가 그것을 보고 아연실색했거든요."

"후후, 이젠 좀 익숙해질 겁니다."

카미엘 일행은 계속해서 내장을 따라서 큐브의 안쪽으로 들어갔다.

대략 열 시간쯤 지났을 무렵, 카미엘 일행은 큐브의 내장을 지나 심장 가까이 있는 심실에 도착하였다.

두근두근!

"이제 심장 소리가 아주 또렷하게 들리는군요."

"이곳이 바로 중심핵이 있는 곳입니다."

리나는 마이너스 에너지 측정기를 꺼내어보았다.

위잉, 치지지직.

"바늘이 아주 춤을 추네. 측정이 불가하다는데?"

"당연합니다. 공간과 공간을 마음대로 주무르는 놈들이니 마이너스고 플러스고 상관없이 마구잡이로 사용하는 것이지요."

"흠……"

음양의 원리마저 초월하는 큐브의 신비함은 아직 시작에 불과하였다.

잠시 후, 심장에서부터 엄청난 냉기와 열기가 뿜어져 나와 서로 충돌하는 풍경이 연출되었다.

고오오오오!

그로 인하여 사방으로 증기가 생겨나 바닥에 물이 고였다.

"이건 또 뭡니까?"

"…이렇게 큰 것을 본 것은 처음이지만 큐브의 살아 있는 코어를 해부해 보면 음과 양, 냉과 열이 공존해 있습니다. 그것이 서로 상호작용을 하는데, 아무래도 공간과 공간을 열어주는 무언가와 깊은 연관이 있지 않나 싶습니다."

"이상한 곳이군요."

카미엘이 깊은 생각에 잠겨 있을 무렵, 갑자기 주변이 빠르게 확장되기 시작했다.

촤라라라락!

"뭐, 뭐지?!"

확장된 공간은 그들이 겉에서 본 큐브의 몸집보다 족히 백배는 될 법했다.

카미엘은 이것이 바로 공간의 왜곡 현상이라는 것을 알 수 있었다.

"…이겁니까, 놈이 사용한다는 공격 방식이?"

"네, 아무래도 그런 것 같네요."

넓어진 공간은 일순간 뒤틀리더니 이내 아공간의 소용돌이를 만들어냈다.

스스스스!

고오오오!

소용돌이는 아공간 앞에 나타나 사방의 모든 물건과 생명체들을 빨아들이기 시작했다.

쏴아아아아!

"크윽! 저건 또 뭐야?!"

바로 그때였다.

하늘에서 붉은빛이 떨어져 내려 사방으로 불꽃이 튀었다.

슈웅!

콰앙!

"크허억!"

"저게 뭔지 궁금한가?"

순간, 카미엘의 눈이 휘둥그레졌다.

"소환술사?!"

"후후, 철천지원수 같은 놈! 오늘에야말로 네놈의 목을 베어주마!"

그는 붉은색 큐브를 손에 쥐고 있었는데, 그것이 바닥으로 떨어져 내리면서 아공간을 형성하였다.

쾅!

지이이이잉!

붉은색 아공간에서는 새빨간 비늘을 가진 레서 드래곤이 기어 나왔다.

크르르르릉, 크아아아앙!

소환술사 카눈이 카미엘의 곁에 서 있는 리나를 바라보며 물었다.

"네년, 키워준 은혜도 모른단 말이야?"

"…닥쳐라!"

"만약 지금 투항한다면 죽이지는 않겠다."

"붸! 더럽고 치사해서 죽고 말지!"

"큭큭, 그래, 네년도 오늘이 제삿날이 될 줄 알아라!"

카미엘은 놈이 만들어놓은 아공간을 본 직후 왜 큐브가 아공간과 같은 형질을 가지고 있는지 알게 되었다.

'아공간은 저 큐브라는 것이 만들어내는 것이다. 한마디로 저놈은 소환술사가 아니라 공간을 조약하는 놈이 분명하다.'

큐브의 비밀은 풀어냈지만 이곳에서 도망칠 수 있는 방법은 사라지고 말았다.

"제길……."

"크하하! 모두 불태워 주마!"

크아아아앙!

카미엘은 결사 항전을 각오했다.

"오냐, 내가 오늘 죽는다고 해도 네놈은 반드시 죽이고 죽겠다!"

그는 지금껏 단 한 번도 봉인을 푼 적이 없는 발록 블레이드의 영혼석을 해제시켰다.

우우우우웅!

팟!

크하하하하!

"···발록!"

―간만에 놀라는군. 주인, 어지간히 급했던 모양이지?

"닥치고, 저놈부터 어떻게 하자고."

―좋지!

이제 카미엘과 카눈의 세력이 팽팽한 균형을 이루게 되었다.

남은 것은 누가 더 노련한 백전노장이냐이다.

"간다!"

카미엘의 일검이 불꽃을 머금었다.

『도시 마도사』 3권에 계속···

초대형 24시 만화방

신간 100%, 샤워실, 흡연실, 수면실(침대석), 커플석, 세탁기 완비

▪ 시흥 정왕25시점 ▪

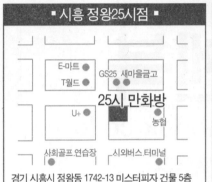

경기 시흥시 정왕동 1742-13 미스터피자 건물 5층
031) 319-5629

▪ 강북 노원역점 ▪

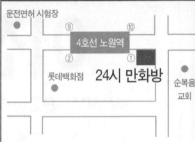

서울 노원구 상계동 340-6 노원역 1번 출구 앞 3층
02) 951-8324 (화용빌딩 3층)

▪ 일산 정발산역점 ▪

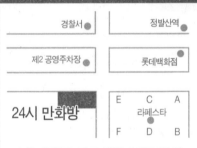

라페스타 E동 건너편 먹자골목 내 객잔건물 5층
031) 914-1957

▪ 일산 화정역점 ▪

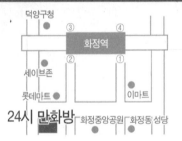

경기도 고양시 덕양구 화정동 984번지 서일빌딩 7층
031) 979-4874 (서일사우나 건물 7층)

▪ 부천 역곡역점 ▪

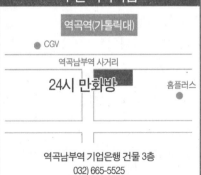

역곡남부역 기업은행 건물 3층
032) 665-5525

▪ 부평역점 ▪

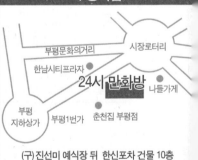

(구) 진선미 예식장 뒤 한신포차 건물 10층
032) 522-2871

미러클
테이머

인기영 장편소설

FUSION FANTASTIC STORY

MIRACLE
TAMER

이계로 떨어져 최강, 최고의 테이머가 되었다.
그러나… 남은 것은 지독한 배신뿐.

배신의 끝에서 루아진은 고향, 지구로 되돌아오게 되는데……
몬스터가 출몰하기 시작한 지구!
그리고 몬스터를 길들일 수 있는 테이머 루아진!
그 둘의 조합은……?

『미러클 테이머』

바야흐로 시작되는
테이머 루아진과 몬스터들의 알콩달콩한
대파괴의 서사시!!

Publishing CHUNGEORAM

유행이 아닌 자유추구 -
WWW.chungeoram.com

이계진입 리로디드

임경배 퓨전 판타지 소설

FUSION FANTASTIC STORY

『권왕전생』임경배의 2015년 신작!

『이계진입 리로디드』

**왕의 심장이 불타 사라질 때,
현세의 운명을 초월한 존재가 이 땅에 강림하리라!**

폭군으로부터 이세계를 구원한 지구인 소년 성시한.
부와 명예, 아름다운 연인…
해피엔딩으로 이야기는 끝인 줄 알았건만
그 대가는 지구로의 무참한 추방이었다.
그리고 10년 후……

"내가 돌아왔다! 이 개자식들아!"

한 번 세상을 구한 영웅의 이계 '재' 진입 이야기!

Book Publishing CHUNGEORAM

유행이 아닌 자유추구 -
WWW. chungeoram.com

현윤 장편소설
FUSION FANTASTIC STORY

현대무림지존

무참히 살해당한 부모님의 복수를 위해
모든 걸 걸었다!

『현대 무림 지존』

"너희들의 머리 위에 서 있는 건 나다."

잔혹한 진실을 딛고 진정한 무인으로 거듭나는
태하의 행보를 주목하라!

FUSION FANTASTIC STORY

텀블러 장편소설

현대 천마록

천하를 호령하고, 전 무림을 통합한
일월신교의 교주 천하랑.
사람들은 그를 천마, 혹은 혈마대제라고 불렀다.

『현대 천마록』

무공의 끝은 불로불사가 되는 것이라 생각했지만
그로서도 자연의 섭리 앞에선 어쩔 수 없었다!

'그렇게 많은 피를 흘렸음에도 불구하고
죽을 때가 되니 남는 것이 없군그래.'

거듭된 고련 끝에 천하랑의 영혼이
존재하지 않게 된 그 순간
그의 영혼은 현세에서 천마로서 눈을 뜬다!

Book Publishing CHUNGEORAM

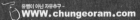

미러클 테이머

인기영 장편소설
FUSION FANTASTIC STORY

MIRACLE TAMER

이계로 떨어져 최강, 최고의 테이머가 되었다.
그러나… 남은 것은 지독한 배신뿐.

배신의 끝에서 루아진은 고향, 지구로 되돌아오게 되는데…….
몬스터가 출몰하기 시작한 지구!
그리고 몬스터를 길들일 수 있는 테이머 루아진!
그 둘의 조합은……?

『미러클 테이머』

바야흐로 시작되는
테이머 루아진과 몬스터들의 알콩달콩한
대파괴의 서사시!!

Book Publishing CHUNGEORAM

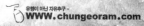

유행이 아닌 자유추구 -
WWW.chungeoram.com

이모탈 퓨전 판타지 소설
FUSION FANTASTIC STORY

용병들의 대지
Road of Mercenaries

이 세계엔 3개의 성역이 존재한다.
기사들의 성역, 에퀘스.
마법사들의 성역, 바벨의 탑.
그리고… 그들의 끊임없는 견제 속에 탄생하지 못한

『용병들의 대지』

전쟁터의 가장 밑을 뒹굴던 하급 용병 아론은
이차원의 자신을 살해하고 최강을 노릴 힘을 가지게 된다.

그의 앞으로 찾아온 새로운 인생!
아론은 전설로만 전해지던
용병들의 대지를 실현시킬 수 있을 것인가!

Book Publishing CHUNGEORAM

FUSION FANTASTIC STORY

텀블러 장편소설

현대
천마록

천하를 호령하고, 전 무림을 통합한
일월신교의 교주 천하랑.
사람들은 그를 천마, 혹은 혈마대제라고 불렀다.

『현대 천마록』

무공의 끝은 불로불사가 되는 것이라 생각했지만
그로서도 자연의 섭리 앞에선 어쩔 수 없었다!

'그렇게 많은 피를 흘렸음에도 불구하고
죽을 때가 되니 남는 것이 없군그래.'

거듭된 고련 끝에 천하랑의 영혼이
존재하지 않게 된 그 순간
그의 영혼은 현세에서 천마로서 눈을 뜬다!

Book Publishing CHUNGEORAM

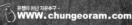

유행이 아닌 자유추구 -
WWW.chungeoram.com

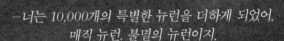